몸과 마음이 깨어나는

사랑의 DNA

1 self love : 자위(自慰)

몸과 마음이 깨어나는
사랑의 DNA

① self love : 자위(自慰)

지은이 **정천 마담로즈**

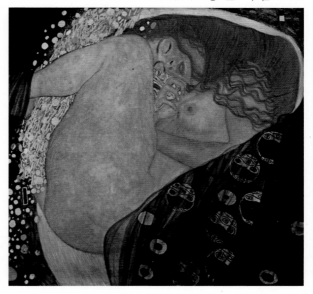

축하의 글 1

성공대학 **Sex University** 명예 총장 마광수

연세대 국문학과 교수

성性에 대한 담론이 드문 이 세상에서
성공대학性工大學이 만들어졌다는 것을
굉장히 뿌듯하게 생각합니다.
남녀노소를 막론하고 제대로 된 성교육을 받아
행복한 섹스를 즐기기 바라며
앞으로 크게 발전하기를 기원합니다!

축하의 글 2

인간개발연구원 회장

장만기 박사

지난 **35**년간 'Better People Better Life(좋은 사람이 좋은 세상을 만
든다)'를 실현하고자 부단히 힘을 기울였습니다. 인간의 행복을 위
해 **1970**년대에 직접 미국으로 넘어가 폴 마이어를 만나 인간개발의
꿈을 한국에서 이루기 위해 노력도 해왔습니다. 지난 **30**년간 수많은
국내외의 명사들과 석학들이 본원이 주최하는 조찬모임에서 국내
의 **CEO**들에게 강연을 하고 지식과 경험을 나누어왔습니다. 그러던
차에 스위스에서 몇 해 동안 인생공부를 하고 돌아온 나의 꼬마절친
마담로즈의 활동을 눈여겨 보아왔습니다. 그녀의 이야기는 저로서
도 생소하고 신선했으며, 고희를 넘긴 학자인 저에게도 마음에 크게
와 닿았습니다. 이후 가끔씩 만나 성에 대해 명쾌하고 해박한 성 담
론을 나누며, 그녀의 팟 캐스트 방송도 재미있게 청취했습니다. 이
번 그녀의 저서는 성에 대한 우리 사회의 터부를 깨는 획기적인 내
용으로 기대가 큽니다.

성性은 본시 성聖스러운 것이나, 인류의 제도와 사회문화가 성을 구속해왔습니다. 여러 가지 사회제도가 자연스럽고 순수한 성을 세속화시킴으로서 위선과 거짓말을 하게 만들어온 것입니다. 우리가 상상을 할 때 여러 가지 좋은 아이디어를 떠올립니다. 첫째, 화장실에 앉아있을 때, 둘째, 백마를 탔을 때, 셋째, 여자의 배 위에 있을 때가 그렇다고 합니다. 영웅호색이라는 말도 그런 연유가 아닌가 생각됩니다. 성은 그만큼 창조적이며, 자연스럽게 재밌게 하는 것 입이다. 그러나 지금 우리의 성은 제도적 속박, 경제적 계산 때문에 세속화되고 상품화되었습니다. 대부분의 동물의 세계는 성교를 하고 관계가 끝나지만 사람의 경우는 복잡하고 소유의 개념이 개입되면서 여러 상황이 연출되기도 합니다. 분명한 것은 인류를 번창하게 하고 남녀의 교류를 만드는 것이 바로 섹스라는 것입니다.

사랑은 본질적인 것이므로 많은 작가들은 사랑의 순결성을 그려냈습니다. 그러나 현실은 그렇지 못합니다. 이제 섹스는 자유로워져야 합니다. 본인이 스스로를 사랑하여 자유로워지고, 남을 용서하여 자유로워져야합니다. 지금의 인류는 성을 무지로부터 해방시켜야 하는 사명감이 있습니다. 배움의 세계를 통하여 이를 극복하여야 합니다.

하나님이 인간을 만들고 모든 생명을 성의 교류를 통해 태어나게 만들었습니다. 하나님이 만든 여자와 남자보다 더 위대한 창조적 작품은 없습니다. 사랑의 교류로 만들어진 인간의 탄생이야말로 엄청난 창조의 매카니즘입니다. 생명은 사랑에서 창조됩니다. 그러나 남녀가 사랑해서 생명을 창조하는 것을 왜 거룩하게 생각하지 않습니까? 성관계를 정말 잘해야 합니다. 돈을 주고 성을 사고 성을 향락의 도구로만 생각하는 것에 대해 다시 한번 생각해 봐야 할 때라고 생각합니다. 지금의 현실은 자연스러운 성을 파괴하는 현상들이 너무나 많습니다. 신이 창조한 매커니즘에 인간들이 독毒을 섞은 것입니다. 인간의 타락 이유 중의 하나는 성을 범죄의 도구로 쓰는 것입니다.

Sex는 자신이 태어난 근원입니다. 그러므로 이제는 **Complex**가 없는 자유로운 사회로 나아가야 합니다. 그러한 면에서 정천 로즈의 금번 성 지침서는 성에 대해 폐쇄적인 한국사회에 새로운 길을 열어주는 획기적인 저서라고 생각합니다.
그간 수많은 석학들을 만나 많은 선지식들을 듣고 토론해왔지만, 정천 로즈가 제시하는 성에 대한 학문적 이론은 너무나도 참신하고 독보적이어서 귀와 마음을 번쩍 뜨이게 만들었습니다. 그녀의 저서가 성 문맹으로부터 자유를 주는 성 해방서가 되리라는 것을 믿어 의심치 않는 바입니다. 고희古稀를 넘어 희수喜壽에 이르게 된 나이에 정천 로즈를 만나 그녀의 이야기에 귀 기울이고 자유로운 성 담론을 나누는 것이 내게는 큰 기쁨이자, 행운이라고 여겨지기까지 합니다.

진정한 인간개발은 자유로운 성에서 출발한다는 것을 가슴에 새기고, 한국사회가 성의 자유를 향해 진일보하여 나아가기를 희망합니다.

나연

정천 로즈님을 만나 고리타분한 성 의식을 버리고 새로운 세상에 눈을 떴습니다. 고맙고 감사합니다. 이 땅의 모든 여성들이 답답한 성 의식에서 벗어나 아름답게 자신을 사랑하고 당당하게 섹스를 즐길 수 있기를 희망합니다.

남해 세꼬시

솔직한 멘트. 삶의 힐링이 되는 방송. 방송을 듣는 순간부터 저나 청취자들도 성의 고수가 된 기분, 좋아요. 성 아카데미 프로 방송은 이 시대에 필요한 방송입니다. 화이팅입니다.

본좌 허경영(경제 공화당 대통령 후보)

성공대학 축하드립니다. 감사합니다.
섹스는 만행의 근본이며, 인간의 일 중 가장 중요한 일입니다.

트리플A

감사합니다. 제가 아내에 대해서 잘 몰랐다는 게 미안해졌습니다. 충분히 전희하고 사랑스럽게 만져주니 서로 만족감이 좋아졌습니다. 섹스도 공부를 해야 한다는 것을 뼈저리게 느꼈습니다. 다시 한번 감사드립니다.

전보산때

안녕하세요. 팟빵이라는 걸 우연으로 처음 알아서 이 방송 처음 들었는데요.

제가 45년 살아온 성의 상식이 완전 바뀌어 버렸네요. 10년 전 와이프와 봇물 터지는 거 해 보고 통 모르고 살다가 이 방송을 와이프랑 같이 청취하면서 저의 잘못된 성 방식과 와이프의 잘못된 점을 둘 다 고쳐 나가기 시작했는데…. 방송의 고수님들의 말처럼 여러 가지 자세와 여러 가지 애무방법을 찾아 가기 시작했죠. 저도 와이프도 대만족이구요 정말 감사합니다. 새롭게 신혼 때 보더 더 뜨거운 섹스를 즐기고 있습니다. 정말 인간의 몸은 신비로운 듯해요. 그래서 저도 술 줄이고 요즘 퇴근을 빨리 한답니다…. ㅎㅎㅎ 홧팅 입니다요.

슬로우 싹

반백 년 지난 지금에서야 행복한 공부시간입니다. 진즉 알았다면 돌씽 안 됐을건데….

지금 너무 행복합니다.

이제는 사정조절두 가능하구 한 분의 아름다운 분을 만나서 함께 하게 되어

매일 한 시간씩 함께 마음을 나누는 성 생활이 너무 행복합니다.

감사합니다. 꾸벅.

바이런

방송 매우 유익하게 잘 듣고 있습니다.

청취 후 저는 여태까지 밤마다 헛짓을 해왔구나 하는 자탄이 나왔습니다.

신이 주신 천 개의 기능 가운데 겨우 **4~5**개를 가지고 깔짝거려 왔구나 하는….

지난 여인들에게 무지 미안해지고, 지동설을 들려주신 로즈님께 감사합니다 ^^

마담로즈님은 약간 신기한 마녀같기도 하지만^^ 멋있고 매력적인 분 같아여.

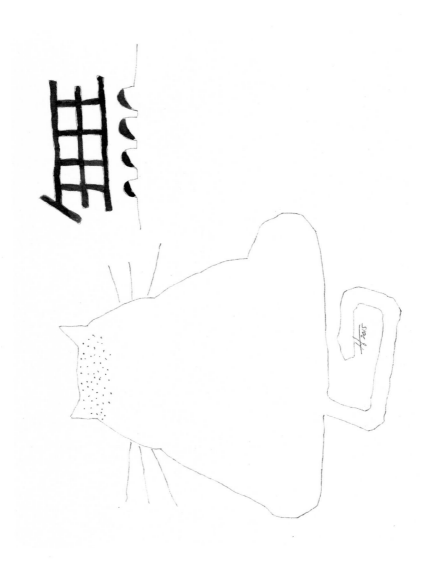

서문
알면서도 모르는 이야기

'섹스는 학문이다.' 팟 캐스트 방송 『고수(高手–maesto)들의 성 아카데미』를 기획하면서 가장 먼저 이 명제를 떠올렸다.

섹스와 학문.

어쩌면 이 세상에서 가장 조화롭지 못한 앙상블이고 서로 양 극단으로 치닫는 인간 삶의 어긋난 양태가 아닌가? 그런 면에서 섹스가 과연 학문일 수 있을까? 그러나 방송을 하기 위해 원고를 준비하면서 섹스는 반드시 독립된 학문으로서 정립되고 발전 되어야 한다는 필요성을 절감했다. 그리고 이 테제는 서로 통섭할 수 없는 잘못된 만남 같아 보이지만 방송 내내 내 몸 구석구석에서 모골이 송연하게 꿈틀거리는 움직임을 주체할 수가 없었다. 그래서 바로 이를 인간의 진지하고 진솔한 삶 속으로 융합하여, 부조화의 조화를 이루지 않고는 삶이 윤택해질 수 없다는 지론을 방송이 끝나고도 지울 수가 없었다.

BC 6세기경 인도에서는 바라문의 성현과 학자들이 깊은 삼림에 은

거하면서 성에 대해서 진지하게 토론하고 논술하였다. 이것이 **BC 3~4세기**에 인도의 학자들에 의해 재정립된 것이 바로 『카마수트라』라는 성 지침서이다. '카마수트라'란 성애학이란 뜻이다. 고대 중국에서도 『소녀경』이나 『천금방』, 『동현자』 같은 저서들에서 성에 대한 가르침이 나온다. 이미 고대인들도 성에 대해 탐구하고 이를 학문화했음에도 불구하고, 오늘날의 우리들은 이 부분에 대해서 너무나도 무지하다.

성에 관한 이야기는 제일 잘 알고 있으면서도 가장 모르는 이야기이다. 너무나 당연해서 치부해버린 분야. 그러나 제대로 이를 알고 실천하는 사람이 거의 없는 생활의 중요한 부분. 이것이 바로 오늘날 우리들의 성이야기이다.

모든 것은 하루아침에 이루어지지 않는다. 절차탁마의 시간을 거쳐 완성으로 가는 것이다. 이제 성공(성을 공부하는) 대학의 기본교재로서 이 책을 출간한다.

스위스의 레만호를 바라보면서 성공대학-Sex University를 기획했다. 여성의 **70%**가 오르가즘을 느끼지 못한다는 금시대의 현실이 가슴을 울렸고, 심장의 뜨거운 진동으로 전해져 한국에 돌아와 팟 캐스트 방송을 만들었다. 반응은 폭발적이었다. **6,000**여 개의 팟 캐스트 방송 중 **3**일 만에 **63**위를 하고 한 달 만에 **5**위에 오르면서 기염을 토했다. 예상 이상의 질주였다. 성에 대해 답답한 한국사회에 새로운 혁신의 바람을 일으킨 것이다. 진작 이 방송을 알았다면 이혼은 피할 수 있었을 거라는 자책의 소리에 눈시울이 적셔지기도 했다. 무엇보다 많은 분들이 부부관계가 좋아져 감사하다는 소감을 전달할 때는 묘한 보람을 느끼기도 했다.

이후 이제 이론은 어느 정도 공부했으니, 실질적인 가르침을 달라는 요청이 쇄도했다. 지난 **1**년 반 동안 성에 대한 학문적 토론을 했으니, 이제는 그간의 지식을 토대로 체계적이고 본격적인 성인을 위한 성교육이 필요하다는 현실을 절감했다. 그리하여 금번 성교육교재를 집필하기에 이르렀다. 이 책은 앞으로 계속 시리즈로 나갈 것이다. 애무나 키스, 스킨십, 오르가즘에 대한 체계적 접근과 실전적 테크닉으로 성생활의 밝은 모습을 표현해나가고자 한다. 가장 먼저 자위행위(**mastervation**)를 첫 번째 챕터로 선정한 이유가 있다.

나를 사랑하는 자위행위를 하지 않으면서 어떻게 남의 몸을 사랑할 수 있겠는가? 억압된 성 모럴을 바꾸고, 새로운 성문화를 확립하기 위해서는 성의 첫 출발인 자위행위부터 바로잡지 않으면 안 된다는 필요성을 몸 속 깊이 느꼈다. 억압과 수치와 죄책감의 출발선 상에서 시작된 성생활은 결국 성적 갈등과 불만을 야기하고 부부관계를 깨뜨리게 된다. 더 이상 숨겨서 될 일도 아니다. 부부간에 연인간에 지금부터 시작하는 성 지침을 잘 훈련하고 개발한다면 누구나 최고의 명기, 명도가 될 수 있다. 이제 찬란한 성생활을 누리고, 그 기쁨이 수백 배, 수만 배가 되어 삶의 기쁨과 즐거움을 갖도록 비장의 무기를 선사할 것이다.

백문이 불여일견이요, 백견이 불여일행이라 했다.
부단히 자신의 기술을 갈고 닦아 서로간의 배려와 칭찬으로 아름다운 섹스를 이루어 삶의 보람과 환희를 누리며 사시기를 간절히 바라며 서문을 마친다.

2015년을 보내며
정천 마담로즈

목 차

1.
자기 자신을 사랑하세요

기억하라.

그대가 사랑에 빠질 때 그대의 마음은 정지한 것이다.

거기에는 과거가 없다.

오직 현재의 순간만이 남는다.

그것이 전부다.

그대가 사랑에 빠지는 것이 현재이며 유일한 시간이다.

지금이 전부이다.

거기에 과거나 미래가 있을 수 없다.

– 탄트라 비젼, 오쇼 라즈니쉬 –

1.
자기 자신을 사랑하세요

눈을 지긋이 감고 자기 자신을 바라보세요. 위에서 아래로, 아래에서 위로 몸 구석구석의 악보를 더듬어 보세요. 몸의 세밀한 여기저기에서 스멀스멀 깨어나 **60**조 세포의 정겨운 속삭임이 들려옵니다. 그리고 성스러운 내 몸이 연주하는 오케스트라의 하모니에 귀 기울여 보세요.

그간 당신은 얼마나 자기 자신을 사랑해주었나요?
그러다가 문득 외모가 남들보다 예쁘지 않다고, 키가 작다고, 살이 많이 쪘다고 비판하지는 않았나요?

그래요, 우리는 다들 저마다 작은 문제 하나씩은 가지고 살아가지요.
사랑하는 사람이 생겼는데도 신체적인 작은 문제 때문에 스스로 위축되어 제대로 마음을 표현 못하는 건 아니신지요?
마음이 위축되면 당연히 몸도 따라서 위축되기 마련이지요. 자기가 자신을 사랑하지 않는데, 다른 사람의 사랑을 받을 마음의 준비가 될까요?

미국의 유명한 섹스테라피스트 케럴 여사는 **70**살이 넘은 나이에도 자신의 성감을 잠만 재우고 있는 사람들, 일생동안 진정한 오르가즘을 한 번도 느껴보지 못한 사람들을 위해서 헌신하며 섹스의 쾌감을 느끼게 해주고 있어요. 비공식 통계에 의하면 전 세계 여성 **70%** 이상이 최고조에 다다른 오르가즘이 어떤 경지인가를 한번도 체험하지 못하고 생을 마감하는 사람이 많다고 합니다. 이 시대의 아이러니가 아니고 무엇이겠습니까!

어느 날 그녀에게 치료를 받으러 온 여성이 있었어요. 세련된 옷차림에 미모도 갖춘 전문직 여성이었지요. 케럴 여사는 의아하게 생각했어요. 외양상으로 부족한 면이라고는 어디에도 찾아볼 수 없는 완벽한 여성에게 대체 뭐가 문제일까? 그런데 정말 뜻밖의 질문을 던지더랍니다.
그녀는 부부관계는 물론 이성과 성교시 아직까지 한 번도 오르가즘을 느껴보지 못했으며, 그것의 원인은 자신의 신체적 결함 때문이라고 생각했대요. 여러 이야기를 나눈 다음, 케럴 여사와 그녀는 옷을 벗고 함께 거울을 바라보았대요. 거울속의 그녀는 몸매도 좋았지요. 케럴 여사가 자신의 성기를 본 적이 있냐고 묻자, 그녀는 우울하게 이렇게 말했어요. 고등학교 때 친구들과 함께 성기를 들여다 본 적이 있었는데, 자신의 소음순이 짝짝이라서 친구들이 이상하게 생겼다고 놀렸다는 거예요. 자신의 비정상적인 소음순이 부끄러워서 그녀는 남성과의 잠자리에서도 늘 그것을 의식하느라 제대로 섹스를 할 수가 없었다는 거예요.

케럴 여사는 바로 그녀에게 다른 여성들의 성기그림을 보여주며 지구상의 어떤 여성도 똑같은 성기모양을 가진 사람은 없다. 소음순의 모양도 길이가 길게 늘어진 것, 조그맣고 타이트한 것, 주름이 많이 잡힌 것, 좌우가 다른 것 등 다양하다는 것을 알려주었어요. 그리고 그녀에게 당신의 소음순은 정상이며, 아주 아름답다고 말해주었어요. 그녀는 그 사실을 받아들인 순간, 억눌렀던 울음을 터뜨리면서 자신에게 그동안 잘못했으며 미안하다고 흐느꼈어요. 그리고 이제는 자신의 성기를 사랑하겠다고 다짐하면서 결국 잃어버렸던 성감을 찾게 되었지요.

2.
사랑의 명상을 하세요

탄트라 지혜의 기본 방편이 사랑이 되는 것이다.
우리는 사랑만이 모든 이중성을 초월한다고 말할 수 있다.
두 사람이 사랑에 빠졌을 때,
그들이 깊이 들어갈수록 하나가 된다.
겉으로 나타나는 모습은 둘이지만 내면으로 들어가 보면
그들은 하나가 되어 있다.
이중성이 초월된 것이다.

- 탄트라 비젼, 오쇼 라즈니쉬 -

2.
사랑의 명상을 하세요

자, 여러분 성의 문제는 단지 성감에만 국한되어있는 것은 아니랍니다. 성감의 기본은 자신의 몸을 사랑하는 것에서부터 출발하지요. 여러분이 자신을 사랑하지 않으면 누가 자신을 사랑해줄까요? 인간이란 존재는 사랑으로 잉태하고 사랑을 하며 성장하지요. 그러한 사랑의 집합체가 바로 우리의 몸이에요. 몸을 사랑하는 것이 그 기본이랍니다. 혹시 몸에 상처나 콤플렉스를 가지고 계신가요? 인디언들은 남들에게는 흉물처럼 보이는 육체의 상처는 몸과 마음의 훈장이라고 여기며 자랑스러워 한답니다. 무언가에 맞서거나 자신을 표현하기 위해서 생긴 상처이니, 그것은 용맹함의 표시라는 거죠. 또한 상처를 이겨내며 고통을 극복한 자신의 강인한 영혼에 대해서도 감사를 한다고 해요.

지금까지 자신에게 사랑한다고 말해주지 못한 분들이 있다면 지금부터 새로운 계획을 실천 해볼까요?

명상의 시간

편안한 자세로 앉거나 누우세요.

그리고 눈을 감으세요.

당신은 아름다운 존재예요.

이 세상에 단 하나밖에 없는 소중한 사람이지요.

우리는 누구나 저마다의 모습으로 사랑을 실천하며 살아가지요.

당신의 있는 그대로의 모습을 사랑하세요.

당신 안에는 사랑으로 충만한 거룩한 신성神性이 존재하니까요.

눈을 뜨고 거울을 바라보세요.

거울속의 자신이 얼마나 아름다운 지 바라보세요.

지금부터 자신의 몸에게 사랑한다고 속삭여주세요.

사랑해.

지금까지 널 소외시켜서 미안해.

그동안 날 살아올 수 있게 해줘서 고마워.

00야, 사랑해.

생각을 하게 해준 뇌에게 감사해.

부지런히 움직여 활동하게 해준 팔과 다리에게 감사해.

뜨겁게 피를 순환시켜준 심장에게 감사해.

에너지를 만들어준 위와 장에게도 감사해.

폐에게도 간에게도 신장에게도 감사해.

그리고 자궁과 성기에게도 감사해.

지금까지 씩씩하게 살아준 나의 인생에 감사해.

00야, 사랑한다.

진심으로 나를 사랑해.

어때요? 머리가 상쾌해지고 마음이 평화롭죠. 지금 이 느낌을 잊지 말고 기억해두세요. 어려운 일을 겪을 때, 마음이 산란할 때 이 명상을 통해 용기를 찾으세요.

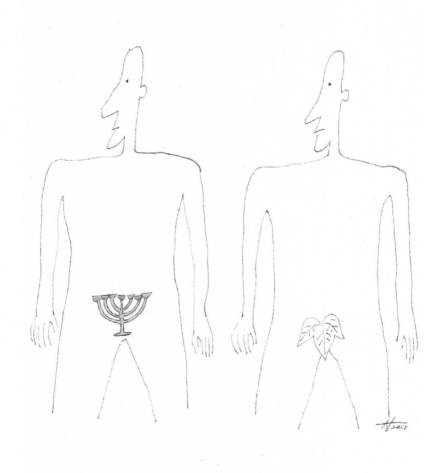

3.
억압의 DNA를 해방시켜라

사랑 속에서 우리는 하나 됨을 느낄 수 있다.
육체는 두 가지로 나누어지지만
육체를 초월한 어떤 것이 하나를 이루게 된다.
사람들이 그토록 섹스를 갈망하는 이유도 바로 그것이다.
진정한 갈망은 섹스자체를 위한 것이 아니라,
하나 됨에 있다.

– 탄트라 비젼, 오쇼 라즈니쉬 –

3.
억압의 DNA를 해방시켜라

여고생 시절을 마감하던 날, 6년 동안 정들었던 친구들과 헤어지는 것이 너무나 아쉬웠다. 그 누가 이 가슴이 쓰려 내리는 외로움을 말끔히 씻어 준단 말인가? 말끔히는 아니더라도 식어가는 겨울가슴을 따스하게 데워줄 불씨 하나라도.

밤이 늦도록 골목길을 쏘다니며 이별의 여운을 뇌리에서 지우고 있던 날. 아니 어떤 애들은 6년이 아니라 12년, 15년이 넘는 기간을 나와 같은 하늘에서 동고동락同苦同樂을 함께 하지 않았는가? 모든 것이 우리가 감내해야 할 채워지지 않는 미완성의 설움인가?

밤늦은 시간이 되어서야 헤어짐의 미련을 뒤로 하였다. 집으로 돌아오는 신작로 길이 그렇게 허무하고 서러울 수가 없었다. 집에 도착하자마자 목욕탕으로 향했다. 지금까지 희비쌍곡선으로 얼룩진 덕지덕지 엉겨 붙은 추억을 털어내듯 샤워를 마쳤다. 물먹은 솜 같이 몸이 천근만근 무거울지 알았

으나 어쩐 일인지 솜털 같이 가볍고 맑았다. 평상시와 같이 거울 앞으로 다가섰다. 털 오라기 하나 없이 알몸으로 거울 앞에 서본다. 신이 빚은 최고의 걸작품인 우유 빛 나신이 거울 앞에 비친다. 이 그림이 나의 모습이란 말인가. 마치 아프로디테가 환생한 듯한 모습의 여인이 날 바라보고 있었다. 매일 보는 내 몸의 자태이지만 이렇게 아름다울 수 없었다.

지긋이 바라보고 있자니 오늘따라 새삼 육체의 신비가 멋있고 숭고하게 느껴졌다. 몸이 단순히 몸이 아니라, 여신처럼 빛나고 있었다. 생각해보니, 한 번도 이렇게 차분하게 내 맨 몸을 응시해본 적이 없었던 것 같다. 늘 씻고, 닦고 말리고 옷을 입고 밖에 나가서 사람들을 만나는 일상들. 그 속에서 내 몸은 늘 내게서 소외되어 있었다. 몸을 보면서도 머릿속으로는 늘 다른 생각을 하거나, 몸 자체보다는 삶을 위한 수단으로서 당연한 걸로만 인식했었다. 그런데, 오늘은 몸이 몸 그 자체로서 빛을 발하고 있다는 것을 깨달은 것이다.

어깨를 내려오는 까만 머릿결, 작고 둥근 얼굴로 이어지는 시원한 목 줄기, 가지런하면서 힘 있게 뻗은 어깨의 쇄골들. 봉긋이 알맞고 탐스럽게 솟아오른 젖가슴, 도발적으로 솟아오른 자그마한 핑크빛 유두, 잘록한 허리선과 움푹 들어간 배꼽, 약간 볼록한 아랫배와 보송보송 털이 난 윤기 도는 검은 음모들…. 그리고 길게 세로로 파인 사타구니의 선. 저 안에 있는 건 도대체 뭘까? 한 번도 관심을 가져보지 않았던 미지의 세계. 불현듯 저 갈라진 틈 사이에 존재하는 뭔가를 알고 싶은 강렬한 충동이 일었다. 여린 손가락으로 슬며시 틈을 만져본다. 부드러운 살의 촉감이 느껴지자, 마치 아이에서 어른으로 커버려 어른들의 세계에 발을 딛는 탐험가처럼 느껴졌다.

내친 김에 거울 앞에 가랑이를 벌리고 덥석 앉았다. 가슴 가득히 봉곳이 솟은 유두의 순결한 모습을 뒤로하고 두 다리가 만나는 계곡의 오묘함을 적

나라하게 거울이 머금고 있었다. 쪼금 상스럽다는 기분이 느껴졌지만 처음 보는 계곡의 호기심에 천국을 한번 탐험해 보자는 기운이 발동했다.

두툼한 선분홍 빛깔의 대음순, 윗부분에 삼각형 모양의 고깔같은 덮개를 걷어내자 조그맣고 앙증맞은 음핵이 나를 반기는 것 같았다. 그리고 음핵 아래에 여리디 여린 꽃잎처럼 좌우로 날개를 펼치고 있는 소음순, 두근거리는 심장의 소리를 들으며, 소음순을 살짝 젖히자, 양 날개의 가운데 지점에 태고의 은밀한 동굴이 신비감을 자아냈다. 두 손을 빌려 양손으로 그 동굴을 벌려 보았다. 내친김에 그곳으로 중지를 살며시 들이 밀어 넣었다. 조금 따가웠다. 옆에 있는 바디로션이 보인다. 이를 흠뻑 바르고 다시 동굴 속 탐험을 시작했다. 그리고 음핵을 덮은 고깔들을 문지르자 묘한 짜릿함이 처음 느껴지는 쾌감으로 전이 되었다. 그 이후 나의 행동은 본능이 인도하는 먼 여로의 흥분감에 주체를 할 수가 없었다.

어때요?
어느 **19**세 여성의 체험담을 소설식으로 엮어보았어요. 이 여성이 자신의 몸을 바라보고 성기를 관찰하면서 느낀 쾌감이 그녀에게 커다란 기쁨을 주었지요.
누구나 자신의 몸과의 첫 대면은 두근거리는 설레임과 묘한 흥분감으로 다가올 거에요.
용기있게 자신의 몸을 탐험해보세요.

성기명상

편안한 분위기에서 알몸 또는 조금 섹시한 복장으로 거울 앞에 앉는다.

작은 손거울을 들고 성기의 여러 곳을 살펴본다.

남성은 음경 및 고환의 밑부분과 회음부위,

귀두의 소대 등을 세심하게 관찰하며 만져본다.

여성은 대음순과 소음순 음핵의 위치를 확인하고,

질의 구멍을 들여다보며 손가락을 넣어 질의 주름이나,

G 스팟 부위를 확인해본다.

이제 좀 더 냉정하게 우리의 현실을 직시해볼까요?

지금도 많은 여성이나 남성들이 자신의 성기에 불만을 갖고 심리적으로 위축되어있을 거예요. 그러나 지금 이 순간부터 그런 두려움은 저 담장 너머 멀리 던져 버리세요.

심지어 많은 여성들이 거울로 자신의 성기를 한 번도 들여다보지 않은 분들도 많다는 사실을 잘 알고 있어요. 남성들 또한 성기 콤플렉스나 조루 때문에 여성과의 관계시에 불안함으로 오히려 빨리 끝내버리거나, 자신감의 결여로 여성의 몸에 대한 두려움을 가지는 경우도 많지요.

지금까지 인류는 삶을 살아오면서 성을 은폐시키고, 부끄러운 것으로 감추면서 오직 생식을 위해서만 허용하는 문화를 만들어왔어요. 이것이 우리의 몸에 자연스럽게 각인 되어있지요.

태어나면서 부모에게 유전적으로 물려받은 육체적 **DNA**, 자라면서 자신이 속한 환경과 경험에 의해 영향을 받는 환경적 **DNA**, 그리고 어떤 사회에 속하느냐에 따라 사고가 결정되어지는 사회적 **DNA**에 의해 우리의 뇌는 윤리적 도덕적 레이디 이데올로기에 세팅이 된답니다.

우리 인간들을 황폐하게 조종하는 이런 이데올로기의 양산은 이 나라 뿐만 아니라 전 세계 여성들의 발목에 족쇄를 채우는 섹스불감증이라는 전염병에 시달리게 만들었습니다. 이 병폐는 **21**세기 지금까지도 여성들의 뇌리를 질식시키는 엔트로피로 작용하고 있어요.

조선시대에 태어난 여성은 만약 불륜을 저지른다면 돌팔매를 당하고, 지역사회에서 쫓겨나지요. 그러나 고려시대나 고구려 시대 등은 비교적 남녀가 평등한 상태에서 자유로운 성생활을 즐겼지요. 그리고 최근에 한국에서는 간통죄가 사라지면서 남녀의 성생활은 국가나 법으로 다스리지 않는다는 입장을 보이게 되었지요.

특히 **20**년 전만해도 여성은 순결을 지켜야한다는 사상이 사회를 지배적으로 통제했기 때문에 혼전순결을 잃는 것은 과거의 여성에게 무척이나 수치스러운 것으로 간주되었지요. 하지만 **21**세기의 한국 여성들은 결혼 전에 성관계 하는 것에 대해 비교적 수용적인 입장으로 전환되어가고 있어요.

그럼에도 불구하고 아직까지 여성들은 성관계에서 자신을 적극적으로 표현하는 것을 꺼려하지요. 이것은 아마도 우리의 **DNA**에 지난 날에 왜곡되게 새겨진 아픔 때문일 거예요. 대부분의 나라에서 여성의 성은 수천 년간 억압받아왔어요.

여성이 적극적으로 성애를 표현하면 경험이 많은 여자이고 헤픈 여자라고 남성들이 낙인찍어버리기 때문에 스스로 표현을 제약하는 결과를 초래했지요. 어쩌다가 여성이 먼저 남성에게 성관계를 요구했을 때 남성들이 색을 밝히는 여자라고 비난하면서 거부하면 여성은 정말로 민망하지요.

특히 자위행위에 대한 억압은 유래가 오래되었어요. 자위행위는 독일어로 오나니즘(onanism)이라고 해요. 독일어로 창세기에 나오는 유다의 둘째아들 오난의 이름에서 유래되었지요. 『성경』을 보면 형이 죽자, 오난은 당시 헤브라이인의 관습대로 형수와 결혼했어요. 그러나 오난은 관습을 따르기는 했지만, 받아들이기 힘들었어요. 그래서 형수인 다말과 성교를 할 때마다 성기를 질 밖으로 빼 내 정액을 배출했어요. 체외사정을 한 셈이지요. 결국 이로 인해 자손이 번성하지 못하자, 여호와는 노여워했고 이로 인해 기독교에서는 자위행위를 죄악시하게 되었지요.

『성경』은 자위행위를 씨를 낭비하는 행위로 보았고, 로마 카톨릭 교회에서는 생식목적만을 인정하고, 이외의 모든 성행위는 부도덕하다고 가르쳤어요. 물론 사회에서도 자위행위에 대해 불임이 된다거나, 키가 자라지 않는다는 속설을 믿으면서 부정적인 의식이 뿌리 깊게 자리 잡게 되었지요. 자위행위는 죄의식이라는 부정적인 생각은 시대가 바뀌어도 역사를 따라 흐르면서 우리의 뇌에 각인이 되었지요.

고대 로마사회에서는 여성은 성욕이 없으며, 단지 생식을 위해서만 필요하다는 입장을 보였고, 영국의 빅토리아시대에는 남자건 여자건 자위행위에 대해서는 강력히 처벌했어요. 남자아이가 자위행위하는 모습이 누군가에게 발각되면 못을 촘촘하게 박은 철판 가리개를 성기에 씌우고 자물쇠까지 채워 꼼짝 못하게 만들었다고 해요. 또 자위행위를 습관적으로 하면 바보천치가 된다고 하여 사회적으로 강하게 금기시 했어요.

이러한 성의 억압과 금기는 계속해서 가속화되어 여성의 오르가즘은 존재하지 않는 망상이며, 이러한 상태에서 만들어진 아이는 바보가 된다고 가르쳤어요. 만약 여자아이가 자위행위를 하다가 들키면 음핵을 마비시키거나, 질 입구를 막는 시술까지 서슴치 않았다고 해요.

최근 **19**세기 미국사회에서 중산층조차 여성은 성욕이 없다고 인식했으니, 역사적으로 여성의 성은 금지영역으로 철저히 감추어져왔지요.

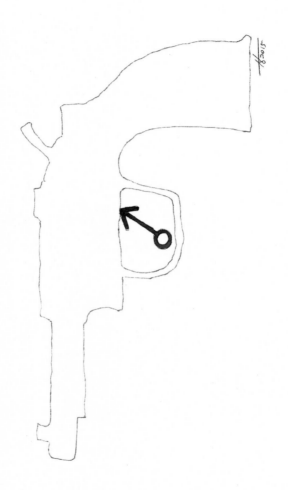

4.
자위행위는 자연스런 욕망이다

사랑 속에서는 서로가 내면으로 녹아 들어간다.
거기에 하나 됨의 느낌이 존재한다.
그때 이중성은 용해되고 만다.
이중성을 뛰어넘는 사랑 속에서만이
우리는 바이라바의 상태를 얼핏 볼 수 있다.
우리가 말하는 바이라바의 경지는
되돌아옴이 없는 절대적인 사랑이다.

– 탄트라 비젼, 오쇼 라즈니쉬 –

4.
자위행위는 자연스런 욕망이다

그런데 **1940~50**년대 발표된 「킨제이 보고서」는 미국사회를 충격에 빠뜨렸어요. 남성 **92**%에서, 여성 **58**%가 자위행위를 통해 오르가즘을 느낀다는 사실은 기존의 자위행위에 대한 사회적 인식을 뒤엎는 것이기 때문이지요. **1993**년 영국에서는 여성 **92.3**%가 "자위행위를 한다"고 솔직하게 답했어요.

그러면 한국은 어떨까요? **1998**년 한국 성 과학연구소에서 기혼여성 **1,400**명을 조사한 결과 선진 외국과 달리 단지 **30**% 선에서 자위행위를 해본 적이 있다고 했어요. 아직도 한국사회는 여성의 성적 쾌감에 대해 부정적인 인식이 강하게 자리 잡고 있는 남성 우위의 패쇄적 분위가 팽배하다는 것이지요. 이와는 대조적으로 지금 이 시간에도 인터넷에서는 야동이 범람하고 한국의 수놈들은 버젓이 성의 향락을 위해 눈을 휑하게 부릅뜨고 거리를 질주하고 있는 현실 속에 살고 있어요.
영국 **BBC**방송의 과학기술 전문 잡지『포커스』의 조사는 우리가 깜짝 놀랄만한 사실을 보여주고 있어요. 세계 **35**개국을 대상으로 포르노 산업에 대한 국민 1인당 연간 지출액이 높은 나라를 조사했어요. 여기서 한국은 몇 위일까요? 영광스럽게도 경제 수준 대비 포르노사업 지출액이 가장 높은 나라, 대망의 1위는 바로 대한민국이랍니다.

다들 놀라셨죠? 이게 바로 우리의 현실이랍니다. 겉으로는 근엄한 채 하고, 속으로는 음습한 성이 범람하는 나라가 바로 한국이에요. 이런 결과가 불쑥 튀어나온 것이 아닙니다. 사회가 성을 건전하게 받아들이지 못하고, 청소년기 때부터 욕망을 억압당한 채 살다보니, 이러한 결과가 나온 것이지요. 이것은 우리 한국사회가 해결해야 할 사회적 병폐입니다.

더 재미있는 연구결과를 보여드릴까요?

2006년 다국적 제약회사인 화이자가 전 세계 27개국의 성인 1만 2,563명을 대상으로 「더 나은 성생활을 위한 글로벌 조사(Global Better Sex Survey)」를 실시했어요.

"만족스러운 성생활이 행복한 결혼생활과 굳은 애정관계를 만드는데 필수적 요소라고 생각하십니까?"라고 질문하자, 세계적 평균 69%가 '필수적 요소'라고 답했어요. 미국은 82%인데 반해 한국 남성은 91%, 한국 여성은 85%가 섹스가 결혼생활에 꼭 필요하다는 의견으로 세계 1위예요.

그렇다면 자신의 성생활에 만족하십니까? 라는 질문에는 어떻게 답을 했을까요?

전 세계 평균 50%가 '매우 만족하고 있다'고 답했어요. 만족도가 가장 높은 국가는 멕시코 75%, 브라질 71%, 스페인 60%, 미국 57% 순이에요. 한국은 어떨까요? 섹스가 중요하다고 생각하는 데 반해서 만족도는 한국 남성 **9**%, 한국 여성은 **7**%만 만족한다고 답했어요. 전 세계 꼴찌지요. 아래 표를 한번 잘 살펴보세요.

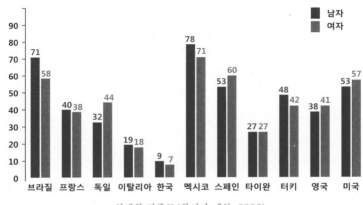

성생활 만족도(화이자 제약. 2006)

정말 결과가 참담하지요. 아마 우리가 이 정도일거라고는 상상하지 못했을 거에요.

만족스러운 성생활이 행복한 결혼생활과 굳은 애정관계를 만드는데 필수적 요소이다. 이렇게 생각하고 있는 한국의 남녀는 정작 부부생활의 근원이자, 남녀의 애정의 필수요소인 섹스에 대해서는 **90**% 이상이 불만족하고 산다는 것이에요. 스페인 같은 경우는 남녀 간에 섹스에 대한 대화에서 세계 **1**위를 차지하고 있어요. 침대위에서 서로의 성 패턴에 대해 대화하고 토론하는 것은 너무도 당연하다는 생각이 일반적이에요.

그런데 한국은 절대 입 밖에 내서는 안 되는 것으로 인식하고 있지요. 그러나 마음속으로는 섹스가 정말 중요하다고 생각하고 있어요. 이러한 현실과 이상의 괴리를 해결하기 위해서 이제 우리는 성교육을 시작해야 해요. 부부간 사랑의 행위가 단순히 종족본능의 역할을 넘어 부부간의 지속적인 사랑스런 삶의 역할로 확장시켜야 삶이 풍요로워집니다.

남녀의 몸을 알고, 자기 몸을 알고 건전하게 침실생활을 발전시켜 행복한 가정을 만들어야 사회가 건강해지고, 나라가 행복해지지 않겠어요?

만족한 성생활을 하면 뇌에서 각종 호르몬들이 흘러나와 행복을 느끼게 해준답니다. 사랑의 호르몬인 옥시토신이 다량으로 분출되고, 평화와 안정감을 주는 세로토닌, 천연마약으로 황홀감을 주는 도파민까지….

이러한 행복한 섹스를 위해서 가장 먼저 공부해야하는 것이 바로 자위방법이에요.

미국의 외과의사 조이셀린 엘더스는 "자위행위는 인간성의 일부분이다. 자위행위를 권장하고 이에 대한 문외한에게는 가르쳐야 한다."고 주장했어요. 「킨제이 보고서」는 "자위행위를 경험한 사람일수록 그렇지 않은 사람들에 비해 더 왕성한 성생활을 할 뿐 아니라 나이가 들어서도 성생활을 계속 영위할 수 있다."고 말하고 있어요. 또한 킨제이는 밝히고 있어요. "자위행위를 통해 인간은 성적인 긴장감을 방출시키고 있으며, 만약 이를 방출하지 못하면 신경질적이 되고, 초조해지며, 문제에 집중하기 어려워서 살아가기 힘들어 진다."고.

동물사회에서도 자위행위는 자연스런 현상이며, 돌고래나 원숭이, 물고기들조차 자위행위를 한다는 것이 최근 생물학자들의 연구에 의해 밝혀지고 있어요. 특히 **2010**년경 하버드 대학 최고 인기강좌였던 「보노보 원숭이의 섹스패턴」은 가히 쇼킹한 내용이에요.

콩고의 자이루 숲에 사는 보노보 원숭이들은 프리섹스를 하는 집단 사회인데, 수컷, 암컷 보노보들이 숲이나 강가에서 흔하게 거리낌 없이 자위행위를 해요. 사진을 통해 그들이 스스로를 즐기는 모습은 유쾌하고 코믹하기까지 해요. 심지어 젊은 수컷이 나이든 수컷의 페

니스를 펠라치오해 줄 뿐 아니라, 이들은 사회의 긴장과 경쟁을 자유로운 섹스를 통해 해소함으로서 평화를 유지하지요. 이들은 모계중심사회인데, 성인이 된 암컷이 다른 집단을 찾아가면 처음 보는 수컷하고 계속 섹스를 하고, 암컷과는 **GG** 문지르기(클리토리스를 맞대고 문지르는 행위)를 하며 집단의 일원이 된다고 해요. 이렇듯 이들은 섹스에 대한 어떤 죄의식도 없이 욕망을 발산하고 쾌감을 주거나 느끼면서 다툼 없는 사회를 유지하고 있지요.

이렇듯 성적인 욕망은 자연스러운 속성임에도 불구하고, 인간은 지난 수천 년의 역사동안 사회적 종교적 도덕률에 의해 강압적으로 억압당해 왔지요. 이제는 어떻게 우리의 성이 금기시되어왔는가를 인식하고 우리의 뇌를 새롭게 바꾸어야 해요. 우리가 경험하고 생각하는 것이 뇌하수체를 통해 강력히 새겨지고, 이것은 후대에 고스란히 전수가 되지요. 지금 우리의 선택이 인류의 미래를 바꿀 수가 있어요. 억압의 **DNA**를 사랑의 **DNA**로 전환할 때 인류의 문명은 보다 풍요로워질 거예요.

5.
사랑의 DNA로 자위를 즐겨라

우리는 사랑을 인식한다.
우리는 사랑 밖에서 살기 때문이다.
우리는 사랑을 느낄 수 있을 뿐이다.
바이라바는 사랑 속에 산다.
바이라바의 경지는 그가 사랑을 하는 것이 아니라,
사랑 자체가 되었다는 뜻이다.
그는 정점에서 살고 있다.
이제 봉우리는 그의 거처가 되었다.

- 탄트라 비젼, 오쇼 라즈니쉬 -

5.
사랑의 DNA로 자위를 즐겨라

이를 위해 먼저 자위행위에 대한 죄의식과 불안으로부터 여러분
자신을 해방시켜야 해요.

최근에 성의학자들과 전문가들은 이를 뒷받침하는 연구결과를 계속
해서 발표하고 있어요. 자위행위를 통해 오르가즘을 느낀 적이 있는
여성들이 성생활에서도 쉽게 오르가즘에 이를 수 있다는 연구는 여
성불감증을 치료하는 키 포인트로 받아들여지고 있어요. 임상 심리
학자이자 성치료 전문가인 조엘 **D** 블록 박사는 "결혼생활 중에도
자위행위를 즐길 권리가 있다. 죄책감 없이 자위행위를 하는 여성은
성생활에 적극적인 배우자가 될 수 있고, 남성은 자위행위를 통해
사정을 조절하는 법을 배울 수 있다."며 죄책감 없이 자위행위를 즐
기라고 권유하지요. 부부 성생활로 오르가즘을 느끼지 못하는 여성
들이 관계 시에 자위행위를 통해 오르가즘에 도달하면 더 나은 성생
활로 이어지겠지요.

영화 『바람난 가족』에서 여주인공이 섹스가 끝난 후 남편 옆에서 혼자 자위행위하는 장면이 나와요. 삽입섹스로 부족한 부분을 채우는 것인데, 만약 삽입 전에 파트너 앞에서 자위행위하는 모습을 보여주었다면 두 사람에게 성적 흥분이 더 고조되지 않았을까하는 생각을 해요. 몇 년 전 구설수에 올랐던 중국의 한 여배우의 문제의 사진은 남자친구의 카메라 앞에서 다리를 벌리고 팬티 사이로 손을 넣어 자위행위를 하는 모습이었어요. 얼굴이 발갛게 상기되어 스스로 흥분하는 컷이었지요.

아직도 여성들은 혼자서 하는 자위행위는 물론, 파트너 앞에서 자위행위하는 모습을 보여주는 것을 대단히 수치스럽게 생각하는 경향이 있어요. 반면에 남성들은 자신의 성기를 애무하는 모습을 보여주거나 자위행위하는 것을 자연스럽게 받아들이고 있지요.
이러한 반쪽짜리 성은 이제는 지양되어야 해요. 고대 인도의 성전性典인 『아난가 랑가』에서는 "여자도 남자도 수치심을 버리고 침대에 올라 벌거벗고 자유롭게 관능의 환희 속에서 자신을 몰입시켜라, 그리고 편안하고 상쾌한 수면을 취하라."고 가르침을 주었어요.

성은 남녀차별이 존재하지 않고, 생물학적인 차이로만 보아야 하며, 초기 성기관의세포가 분화할 때 까지는 같은 모습이지요.
섹스는 상호 보완적이고, 스스로가 성인으로서 몸의 매카니즘을 알고 성에 대해 움츠렸던 마음을 열고 받아들일 때 완전한 쾌감을 느낄 수가 있어요.

저에게 상담을 온 **40**대 후반의 여성 **A** 씨는 이렇게 얘기해요.

"방송을 듣고 성생활을 즐겨야 겠다고 생각이 바뀌었어요. 나도 죽기 전에 오르가즘을 느껴야 겠다는 결심을 했어요. 사실 그전에는 꼭 섹스를 하지 않아도 내 삶은 잘 산다고 만족했었는데, 방송을 듣다보니까, 그게 아니다 싶더라구요. 오르가즘을 느끼려면 먼저 자위행위를 해야 한다고 그러셨잖아요. 그래서 자위행위를 시도해봤어요. 클리토리스를 만지니까 느낌이 오더라구요. 그런데 막 쾌감이 오려는 순간, 저도 모르게 딱 멈추어 버렸어요. 왠지 이러면 안 될 것 같아서…. 어릴 때부터 쾌락을 즐기는 것이 비도덕적이라는 관념이 뿌리 깊게 자리하고 있는 것 같아요. 그걸 버려야 하는데….”

많은 여성들이 불감증을 겪고 있는 원인 중에 하나가 바로 이 관념이에요. 머릿속에서 '쾌감을 느끼는 것은 잘못된 거야. 쾌락은 저급한 거야. 쾌락은 방탕이야. 내가 그런 걸 느끼는 것은 천박한 짓이야.'라고 뇌를 세팅하지요. 남성의 자위행위는 선후배 사이에서 공공연하게 대화하고 인정하는 반면, 여성은 부끄러워서 공개적으로는 말하지 못할 뿐만 아니라 스스로도 수치심으로 자위행위를 하지 않거나, 하고난 후 더럽다는 죄의식을 갖는 경우가 많지요.

남성도 마찬가지예요. 얼마 전 알게 된 사업가 **K** 씨는 아내와도 원만한 섹스를 하는 편이지만 가끔은 혼자서 자위행위를 한다고 해요. 그런데 하고나면 정말 이래도 되는 건지 죄책감 같은 게 들어서 기분이 찜찜하다고 해요. 다음엔 하지 말아야지 라고 다짐을 하지만 늘 반복된다고 해요.

어느 쪽이 진실일까요?

인간이 몸의 쾌감을 느끼는 것이 축복일까요? 죄일까요?

사회적 인식 때문에 종교적 윤리 때문에 자신의 쾌감을 억제하는 것이 올바른 걸까요? 아니면, 인간이 창조된 섭리대로 몸의 흐름을 주시하고 스스로의 쾌감을 찾는 것이 맞는 걸까요?

집단의식이란 문화의 형태로 계승되어지고, 그것이 암암리에 사회적 룰이 되어 우리의 의식을 지배하지요. 그러나 의식은 변화하며 그것이 옳지 않을 때는 새로운 룰을 만드는 것이 합리적이지요. 지금도 이슬람권에서는 여성에게 할례를 시켜 클리토리스를 자르는 시술을 하지요. 많은 여아들이 불결한 상태로 비전문가의 녹슨 칼에 의해 감염되어 죽어간답니다. 그 사회는 그것이 사회적 **DNA**로 계승되어 당연하게 생각하지만, 다른 문화권에서는 받아들이기 어려운 사실이지요. 마찬가지로 한국, 중국, 일본 3국은 아시아권에서도 성적인 만족도가 최하위국가들이에요. 비아그라를 만든 화이자 제약에서 아시아·태평양 13개국 성인 3,957명을 대상으로 '아시아·태평양 성 건강과 전반적 삶의 만족'에 대해 조사했어요.

성생활 만족도가 가장 높은 나라는 인도예요. 『카마수트라』나 『탄트라』 및 여러 성애서를 통해 성의 쾌락을 중시했던 만큼 인도의 성 만족도는 높았어요. 그 다음 모계중심인 필리핀이 2위, 자유민주주의를 일찍 선택한 독립국가인 타이완이 3위에요. 공자와 전족의 나라 중국은 11위, 유교와 가부장 사상이 투철한 한국은 12위, 성이 개방적이라고 알고 있는 일본은 아이러니하게도 최하위인 13위로 극동아시아 3개국이 나란히 꼴찌이지요.

어때요? 심각하지 않나요?
우리의 의식을 바꾸지 않는다면 지금의 우리도 후세도 계속해서 재미없는 성생활을 이어갈 거예요.
자, 그럼 의식을 바꾸어야 하겠죠.
어떻게 하냐구요?

사랑의 **DNA**로 여러분의 뇌를 세팅하는 거예요.

의식 명상

눈을 감으세요.
당신은 편안합니다.

들숨과 날숨을 주시하며 호흡에 집중하세요.
숨을 깊게 들이마시고, 길고 가늘게 내쉬세요.
당신의 몸은 편안하게 이완됩니다.
몸에 힘을 빼고 충분히 릴렉스 하세요.

머릿속에 있는 모든 생각들을 말끔히 지워버리세요.
그동안 살아오면서 가지고 있던 편견, 선입관, 부정적인 생각들을
모두 호흡을 통해 밖으로 내보내세요.

당신은 맑고 깨끗한 에너지 뭉치입니다.
자신의 고집, 살아오면서 형성된 자아를 모두 없애세요.
두려움, 죄의식, 슬픔을 머리에서 발끝까지 훑어서 용천혈을 통해 내보내세요.

당신은 텅 비어있습니다.
원래 그 자체의 당신 자신으로 존재하세요.
당신의 원래 모습을 찾으세요.
당신은 있는 그대로 아름다운 존재입니다.
아무것에도 물들지 않은 순수한 자신의 모습으로 호흡하세요.

당신은 아름답습니다.

이제 당신은 어린아이처럼 순수합니다.
당신은 당신의 몸을 사랑합니다.
몸에서 느끼는 대로 당신은 그대로 반응합니다.
당신의 몸은 쾌감을 원합니다.

당신은 자유롭습니다.
이제 있는 그대로를 느끼세요.
당신의 몸은 소중합니다.

exercise

이제 '쾌감은 좋은 것이다'라고 5번 소리내어 말하세요.

'쾌감은 좋은 것이다'

'쾌감은 좋은 것이다'

'쾌감은 좋은 것이다'

'쾌감은 좋은 것이다'

'쾌감은 좋은 것이다'

잘 하셨어요.

이제 여러분의 뇌와 온몸의 신경세포들은 사랑의 **DNA**로 충만해졌어요.

가슴 속이 뜨거워지지 않나요?

이제 당신은 마음이 원하는 대로 얼마든지 쾌감을 느낄 수 있어요.

쾌감은 당신을 행복하게 해주고 기쁘게 해주니까요.

이제 자유롭게 쾌감을 즐기세요.

여러분의 뇌는 이제 새로운 의식으로 바뀌었어요.

당당한 인간의 권리로 쾌감을 받아들이고, 자신에게 행복을 주세요.

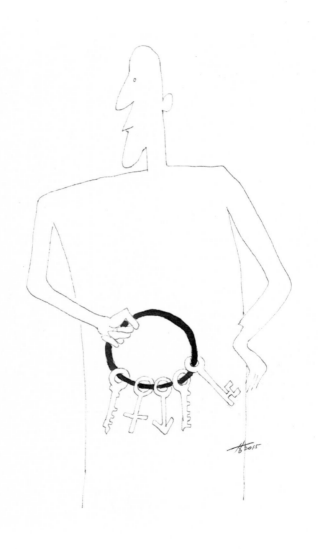

6.
남녀의 성 기관을 제대로 알자

그대가 사랑에 깊이 빠졌을 때
처음으로 그대는 내면의 실체와 대면한다.
그대가 사랑 속에 있을 때
사랑하는 이의 육체는 사라진다.
형상은 사라지고,
형상 없는 실체가 드러나기 시작한다.
그대는 심연을 대하고 있다.

- 탄트라 비젼, 오쇼 라즈니쉬 -

6.
남녀의 성 기관을 제대로 알자

이제 여러분의 뇌를 포맷했으니, 남녀의 성 기관에 대해서 알아볼까요?

어떻게 구성되어 있고, 정확한 위치와 명칭이 궁금할 거예요.

여성의 성 기관 (외성기)

여성의 성 기관 중 가장 중요한 곳은 클리토리스(**clitoris**)예요. 음핵陰核이라고 불리우며, 외성기의 위쪽에 위치해요.

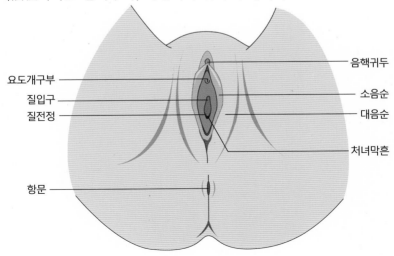

요도개구부

질입구

질전정

항문

음핵귀두

소음순

대음순

처녀막흔

음핵의 귀두부분은 이등변 삼각형 모양을 한 음핵표피로 덮혀져 있어요. 음핵은 남성의 귀두와 상동기관으로 **8,000**개의 신경다발이 지나는 곳으로 우리 몸에서 가장 예민한 곳이에요. 크기는 작은 좁쌀에서부터 콩알만한 크기까지 다양한데, 여성이 성적으로 흥분하면 클리토리스가 발기되지요.

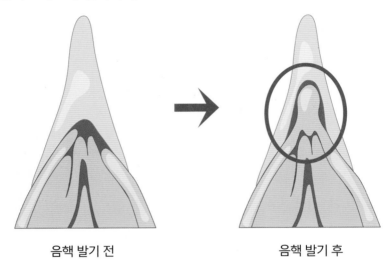

음핵 발기 전   음핵 발기 후

여성의 성감을 높이는데 가장 중요한 역할을 하며, 오르가즘을 일으키는 첫 번째 관문이에요. 일부 성의학자들은 클리토리스 자극이 없는 오르가즘은 없다고 할 정도로 그 중요성에 대해 강조하고 있어요. 특히 우리가 일반적으로 알고 있는 클리토리스는 여성의 외성기 주위의 돌출된 부분이지만, 사실은 클리토리스 기관이라 불리울 정도로 범위가 넓답니다.

다음 그림에서 음핵해면체라고 불리는 곳이 전체가 다 클리토리스 기관이에요. 옷걸이 모양으로 음핵귀두를 자극하면 음핵해면체 전체로 혈류가 흐르면서 흥분을 하지요. 그리고 안쪽에 전정구라는 부위가 있어서 이 부위도 클리토리스를 충분히 자극하면 풍선처럼 부풀어 오른 답니다. 이 전정구가 내성기 안쪽에서 커다랗게 부풀면서 질을 좁히게 하지요. 그러니, 클리토리스 자극이 얼마나 중요한지 아셨지요?

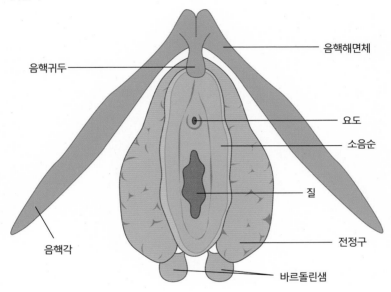

불감증을 느끼는 여성 대부분이 바로 이 클리토리스 오르가즘을 개발하지 못한 채 삽입섹스만을 진행하다보니, 무미건조한 성생활을 하는 거예요. 남성이나, 여성이나 이 부분을 명심하고, 클리토리스를 자극하는 것을 섹스의 제 1원칙으로 생각하고 성생활을 한다면 분명 만족할만한 오르가즘을 느낄 수 있을 거예요.

그리고 내성기 양옆으로 길죽한 꽃잎모양의 핑크빛이나 갈색의 진한 피부가 소음순이에요. 소음순도 성적 흥분을 하면 탱탱하게 부풀어 오른 답니다. 소음순의 모양은 사람마다 차이가 많이나요.

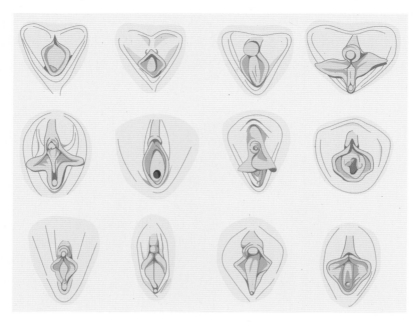

베티 닷슨이 분류한 여러 형태의 소음순 도해 (모두 정상에 속함)

얇고 작은 것에서부터 길게 펼쳐져 접힌 모양까지 사람의 생김새만
큼이나 다른 모습을 하고 있답니다. 모두가 다 정상이니까, 자신감
을 가지세요. 경우에 따라 소음순이 너무 길고 넓어서 불편한 사람
들은 성형을 하기도 하지요. 그리고 외성기 바깥에 두툼하고 통통한
피부가 대음순이예요. 쿠션역할을 하며 여성의 성기를 보호하지요.

여성의 성기관(내성기)

여성의 내성기는 질과 자궁, 나팔관, 난소로 구성되어 있어요. 여성
의 질(vagina)은 길이 8cm 가량의 긴 관이며, 근육과 많은 주름으
로 이루어져 있어요. 남성의 성기가 삽입해서 사정을 하면 자궁입구
를 통해 정자가 자궁 안으로 들어가지요.

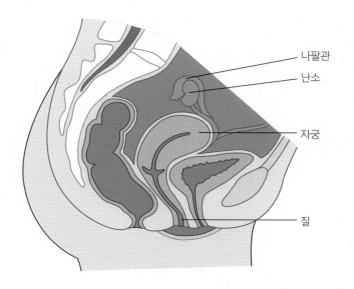

나팔관

난소

자궁

질

그렇게 들어간 정자가 난소에서 만들어진 정자를 만나서 자궁에서 착상을 하면 임신이 되는 거구요. 질 근육은 여성이 오르가즘을 느끼면 불수의근으로 강하게 수축을 하며, 여성의 의지에 따라서도 질 근육을 수축시킬 수가 있어요. 명기라 불리는 여성들은 모두들 훈련을 통해 질 근육을 꿈틀거리듯 자유자재로 조절했지요.

클레오파트라도 알렉산드리아에서 수년에 걸쳐 섹스수업을 받고 시저와 안토니우스라는 대제국 로마의 최고 권력자를 사랑에 빠지게 만들었지요. 당태종의 여인 양귀비도 물론 각종 섹스기술을 연마하고, 질을 단련하여 명기로 거듭나 나라를 휘두르는 권력의 중심에 있게 되었지요. 경국지색傾國之色은 단순히 외모만 가지고는 논할 수 없어요. 반드시 속궁합이 수반되어야 베개 밑 송사가 이루어져 나라를 쥐락펴락 했던 거예요. 여러분들도 남편을 자신 가까이 오랫동안 두기 위해서는 속궁합의 미학과 베게 밑 송사의 역할은 알아야 해요.

G-스팟의 위치

G-스팟은 질 입구에서 **3cm**가량 거리의 질 위쪽에 위치한 원형의 콩알만한 덩어리예요. **50**원짜리 동전 크기의 해면체로 흥분하면 크게 부풀어 오르지요. **G-**스팟의 크기나 존재 유무는 학자들 사이에서 논란이 있으며, 개인의 성감 개발정도에 따라 달라요. 그러나 **G-**스팟이 발달된 여성들은 특별한 오르가즘을 느끼며 여성사정을 경험하기도 하지요.

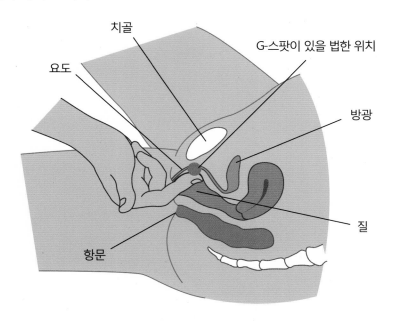

치골

요도

G-스팟이 있을 법한 위치

방광

질

항문

exercise

자신의 성기를 거울로 들여다보세요.

exercise

자신의 성기모양을 그리시고, 명칭을 써넣으시오.

남성의 성 기관

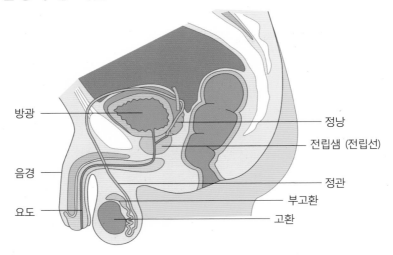

방광

음경

요도

정낭

전립샘 (전립선)

정관

부고환

고환

남성의 고환에서 정자가 만들어지면 부고환으로 이동해요. 이때 남성이 성적으로 흥분하면 정관을 따라 정액이 이동하여 정낭을 거쳐 전립선액과 합쳐져서 요도를 따라 사정을 하게 되지요. 남성의 음경은 해면체로 구성되어져 있어서 흥분을 하면 혈액이 평상시의 **5~6**배 이상 유입되어 팽창하게 되는데, 이를 발기라고 하지요.

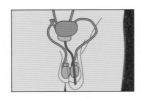

혈액의 유입이 얼마나 잘되느냐에 따라 강도나 발기력의 차이가 나지요. 나이가 들면 혈관이 막혀서 발기가 잘 안 되는 원인이 될 수도 있으니, 걷기나 자전거 타기 같은 하체운동을 꾸준히 해야 해요.

또한 발기勃起현상은 심리나 호르몬, 신경들과도 밀접한 상호작용으로 이루어져요. 심리적으로 불안한 경우 일시적으로 발기력이 떨어질 수도 있으니, 편안한 마음이 중요하지요.

exercise

자신의 성기를 거울로 들여다보세요.

exercise

자신의 성기모양을 그리시고, 명칭을 써넣으시오.

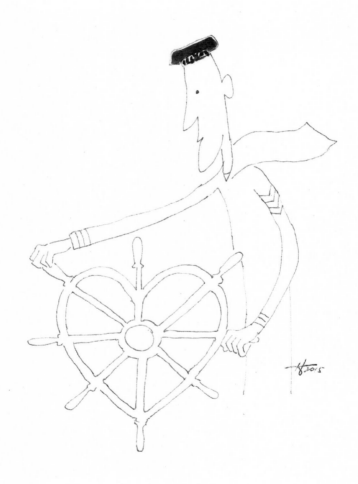

7.
자위행위는 성감개발의 첫걸음이다

섹스는 기본 에너지이다.
그 기본 에너지를 통해 그대는 태어났다.
그대의 존재를 이루고 있는 세포 역시 그것에서 나왔다.
이제 인류는 섹스에 대해서 새로운 혁명을 일으켜야 한다.
섹스는 그대의 에너지이다.
그것을 적절히 이용해서 그대의 친구가 되게 하라.

– 탄트라 비젼, 오쇼 라즈니쉬 –

자위행위는 성감개발의 첫걸음이다

자, 이제 남녀의 성 기관에 대해 알아보았으니, 자위행위에 대해서 심층적으로 공부하도록 할까요?

자위행위(**mastervation**)란 자신의 성기를 본인이 자극하여 흥분을 유발하여 성적 쾌락을 얻는 행위에요. 남자는 페니스를, 여성은 클리토리스를 위주로 자극하여 쾌감을 얻지요. 자위행위는 또 다른 말로는 용두질, 수음手淫이라고도 하지요.

사실 자위행위는 어린아이 시절부터 자연스럽게 이루어져요. 프로이드는 아동발달과정에서 구강기, 항문기를 거쳐 **3~5**세에 이르면 남근기라 하여 소아 자위행위를 한다는 이론을 제시했어요.

정상적인 발달과정이지요. 자기 몸의 신비함을 탐험하고 만지며 노는 것이므로 부모들은 놀라거나 당황해 제지하지 말고, 자연스럽게 놔두세요. 정신분석학에서는 유아가 자신의 성기를 만지고 놀거나, 여성기를 손으로 자극하거나 허벅지를 꼬고 물체에 대고 비비는 행위는 정상적인 성장과정이며, 이를 통해 긴장을 방출하고, 자의식을 촉진한다고 보았어요. 특히 프로이드는 인간의 근원적 성욕인 성 에너지를 리비도(**ribido**)라고 표현했어요. 구강기에 젖이나 손을 빨거나, 항문기에 배변의 쾌감을 느끼거나, 남근기에 성기를 만지는 행위를 억압받을시 욕구충족이 이루어지지 않아 성장 후에 특정행위에 집착한다고 했어요.

자위행위시간은 남녀 평균 **4**분정도인 것으로 조사되었어요. 자위행위는 여성 불감증을 치료하고 성기능 장애를 개선하는 치료요법으로도 중요하지요.

어느 날 어린 시절 성폭행을 당해 불감증을 호소하는 여성이 상담을 해왔어요. **6**살 때부터 **10**대 초반까지 수차례에 걸친 친척의 성폭행으로 이 여성은 **40**대에 출산경험이 있음에도 불구하고 성적 오르가즘을 한 번도 느낀 적이 없다고 고백했어요. 무척 가슴이 아팠어요. 그녀에게 심리 과학적 요법으로 치료를 시작했지요. 남성들은 원래 성욕이 충만한 존재들이다. 당신에게 일어난 사건은 누구에게나 가능했던 일이었으며, 남성의 욕구에 대해 이해해야 한다. 실제로 남성들은 **10**분에 한 번씩 섹스를 생각한다는 연구결과도 있어요. 그녀는 자신이 어려운 일을 당할 때마다 스스로가 더럽혀졌다고 생각하고 당시의 악몽을 떠올리며, 그 이유 때문에 이런 일을 겪는 것이라고 스스로를 자책해왔다고 했어요. 객관적으로 당신이 당한 성폭행과 살면서 닥친 어려운 일들이 인과관계가 있냐고 질문했어요. 그녀는 아니라고 했죠. 그럼 앞으로는 연관시키지 마라라. 별개의 문제다. 안쓰러운 그녀를 바라보던 제가 계산기를 꺼냈어요.

자, 당신이 성폭행을 당한 시간은 **10분**가량일 것이다. 그럼, 지금 **40** 대 후반까지 살면서 살아온 시간을 계산해보자. 그녀는 **402,960시** 간, **24,177,600분**을 살아왔어요. 그중에 **10분**은 **0.00000413605분**이 예요. **0.00...**은 과연 당신에게 존재했던 시간이냐? **0**이라는 시간을 본 순간 그녀는 미소를 지으며 환하게 웃었어요. 이건 일어나지 않은 것과 같다. 그런데 당신은 이 **0분** 때문에 당신의 전 인생에서 괴로워하고 자책하며 살아온 것이다. 억울하지 않느냐? 그녀는 깊이 수긍했고, 이후로는 그 생각을 머릿속에서 지워버리기로 했어요. 이후로 인문학적으로 그녀에게 자위행위의 긍정성에 대해 설명해주고, 스스로 자위행위를 통해 오르가즘에 도달해서 성감을 개발해야 한다고 지도해주었어요.

그녀는 얼마 후 여러 번의 연습 끝에 다리가 떨리면서 클리토리스 오르가즘을 느꼈다고 소식을 전해왔어요. 그리고 이제 부정적인 생각은 거의 사라졌다고 기쁨이 충만한 목소리로 말했어요. 앞으로 파트너와 다양한 오르가즘을 체험하면서 여자로서 행복하게 살고 싶다며, 기회가 되면 자신과 같은 여성들을 치료해주는 상담사가 되고 싶다는 의사를 비추었지요.

어때요? 정신적 트라우마를 가진 여성도 의식을 바꾸고, 적극적으로 자위행위를 통해 오르가즘을 느꼈으니, 지금 불감증이라고 자책하고 계신 분들도 희망을 가지세요.

중국 초청으로 성감개발 주제로 강연갔을 때 무대에서 처음 제가
주문한 것이 '나를 사랑한다.'였고, 강의 중반에 '자위행위는 아름
다운 것이다.'를 복창시켰어요. 중국말로 또박 또박 단체로 발음하
는 것을 들으니, 기분이 묘하더라구요. 마치 영화의 한 장면 같았어
요. 강의가 끝나고 마주치는 분들의 감사의 미소가 지금도 눈에 선
하네요.

exercise

자, 첫 번째 STEP!

자위행위는 아름다운 것이다.
자위행위는 좋은 것이다.
자위행위는 나를 사랑하는 행위이다.

마음속으로 또는 입으로 소리를 내어 10번씩 외쳐보세요.

8.
자위행위의 장단점을 알자

탄트라에서는
그대의 섹스에너지에 대항하는 것이 아니라,
그것을 이용해야 한다.
결코 싸워서는 안 된다.
받아들이고 승화시켜야 하는 것이다.
적이라고 생각하지 말라.
그것은 그대의 에너지이며,
그저 자연이며,
중립적인 것이다.
그대가 사용하기에 따라 다르다.

- 탄트라 비전, 오쇼 라즈니쉬 -

8.
자위행위의 장단점을 알자

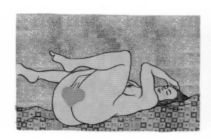 

이제 자위행위는 좋은 것이고, 성감개발의 첫 번째 발걸음이라는 것을 인지하셨죠?

그럼, 다음 단계로 자위행위의 장단점과 주의사항에 대해서 알아볼까요?

자위행위는 여러 가지 장점을 가지고 있어요.

1. 몸과 마음의 지친 피로를 풀어준답니다.
2. 과도한 스트레스를 줄여서 릴렉스시키지요.
3. 달콤한 잠을 유도하는 수면제예요.
4. 자신이 원하는 장소와 시간에 맞게 자유롭게 성욕을 해소할 수 있구요.
5. 스스로 성욕을 조절하여 신경증이나 충동적인 성격을 완화시킬 수 있어 요.
6. 상상 속에서 상대를 바꾸며, 원하는 성감대를 집중 공략할 수 있다는 것이 메리트지요.

한편, 과도한 자위행위의 단점도 있지요.

1. 남성은 정액을 배출하고 재생산하는 과정에서 쉽게 피로감을 느끼곤 하지요.
2. 여성의 잦은 자위행위는 신체의 에너지 손실을 가져올 수도 있어요.
3. 과도한 자위행위는 실제 섹스에서 성적인 흥분을 떨어뜨릴 우려도 있어요.
4. 조급하게 빨리 사정하는 자위행위하는 습관을 가지면 실제 성교시 조루가 올 수 있답니다.
5. 야동을 통한 자기만족적인 쾌감에 중독되면 현실에서 파트너와의 관계를 약화시키며, 실제 사람인 여성에 대해 두려움을 가질 수 있어요.
6. 섹스토이를 사용해서 즉각적이고 강렬한 쾌감에 중독되는 경우, 실제 관계에서 정상적인 쾌감을 얻는데 방해가 될 수도 있어요.

또한 자위행위를 할 때는 위험하지 않게 안전하게 해야 해요.
자위행위는 성감개발과 자기애를 위해 필수적이지만, 안전하지 않은 자위행위는 위험해요. 불결한 물건을 사용하면 각종 질환이 생길 수도 있어요. 남성의 경우 주둥이가 좁은 병에 페니스를 넣었다가 발기가 된 후 빠지지 않은 경우도 있다고 해요. 이런 경우 혈액순환장애를 초래해서 병원에 가서 치료를 받아야 해요. 또 과도한 물리적인 힘이 가해지지 않도록 해야 하구요. 엎드려서 이상한 각도로 만지는 경우 음경막이 손상되어 발기에 문제가 되는 경우도 있으니, 각별히 조심해야 해요.

40대 한 남성의 아슬아슬한 체험담을 들어보세요.

"중 2때 아침 일찍 등교해서 교실에 갔는데. 아무도 없는 거예요. 갑자기 충동이 일어서 꽃병으로 자위하고 있는데, 문 여는 소리가 나서 돌아보니, 제가 좋아하는 여선생님이 '일찍 와서 뭐하니?' 하면서 교실로 들어오는 거예요. 다급한 마음에 황급히 뒤돌아 바지를 엉덩이에 걸치고 엉거주춤 창문 쪽으로 올라가 2층에서 뛰어내렸어요. 떨어지면서 기절을 했나 봐요. 정신을 차려 보니, 체육선생님이 절 내려다보고 있는 거예요. 슬며시 거기를 보니 여전히 꽃병이 페니스에 끼워져 있었어요. 결국 양호실에 가서 체육선생님이 망치로 꽃병을 깼어요.”

장면을 상상하면 웃음이 터져 나오지만, 사실 큰일 날 뻔 했잖아요. 남성들 중에도 요도나 항문에 만년필이나 쇠, 나무젓가락 같은 도구로 자극하는 경우도 있다고 해요. 이런 경우 페니스에 상처나 혈종이 생기기도 하고, 음경해면체나 요도의 손상을 초래하는 경우도 있다고 하니, 정말 위험하죠. 여성의 경우 방울토마토를 넣었다가 빠지지 않아서 응급실에 오기도 하고, 오이가 반으로 부러져 다급하게 응급실을 찾은 사례도 있다고 해요. 응급실에서 벌어진 해프닝을 지인 의사에게 들은 적이 있어요.

친구가 응급실에 근무할 때 실화예요. 한 여성이 새벽에 응급실에 왔는데, 자위행위를 하면서 계란을 질구에 넣었다는 거예요, 들어갈 때는 잘 들어갔는데, 빼내려니 까 잘 안 되서 응급실에 왔다는 거예요. 그래서 의사들이 핀셋으로 깨서 빼내고 세척하려고 했는데, 들여다보니 삶은 계란이었다는 거예요. 조각조각이 나서 아주 진땀을 뺏대요.

얼마나 곤혹스러운 상황인가요?
여러분, 설마 그 주인공이 되고 싶은 건 아니겠죠?
자위행위를 할 때는 요즘에는 다양한 딜도나 바이브레이터들이 나와 있으니, 자신에게 맞는 섹스토이를 사용하는 것도 좋은 방법일거예요.

대학시절 네덜란드에 갔을 때 전 엄청난 문화적 충격을 받았죠. 밤 9시경 암스테르담의 중심관광지이며, 환락가가 있다는 담 스퀘어에 갔어요. 어느 사거리에 도착하자, 양옆으로 늘어선 거리에 눈부실 만큼 환하게 상점마다 불이 켜져 있는 거예요. '이게 뭐지? 보통 유럽의 상점들은 6시 이후에는 **close**한다고 들었는데….' 무척 궁금했어요. 대체 무슨 가게들인지... 횡단보도를 건너 오른편 가게입구에 선 순간! 전 그만 할 말을 잃어버렸죠. 환하게 불이 켜진 쇼 윈도우 안에서 남자 성기들이 각양각색으로 진열되어있는 거예요. 검은 거, 밤색, 살색, 흰색 등등... 속이 훤히 들여다보이는 안쪽을 보니 에그머니나, 안쪽 진열대에 놓인 남자성기모형들이 돌고 있는 거예요. 투명한 것도 있고, 흰색도 있고... 가게 안에는 두 남자가 성기를 들고 얘기를 하고 있었고, 중년의 가게 주인은 뭔가를 설명해주고 있었어요. 용기를 내서 저두 안으로 들어갔죠. 그랬더니 어머나, 세상에! 두 남자의 손에 들린 투명한 재질로 하얗게 물이 찬 성기가 윙~ 소리를 내며 360도 회전 운동을 하는 거예요. 밑받침대는 고환모양으로 생긴 것이…. 정신 차려보니, 세 남자가 절 호기심어린 눈으로 쳐다보는 거예요. 20대 동양여자애가 눈을 똥그랗게 뜬 채 넋 놓고 구경하는 모습이 신기했나 봐요.

네덜란드는 일찍부터 성에 대해 개방성을 선택했어요. 100년 전부터 매춘을 합법화하면서 정부에서 공창관리를 철저하게 하고 있어요. 그들이 매춘을 합법화한 이유는 포주의 횡포로부터 매춘여성을 보호하기 위해서라고 해요. 매춘도 정당한 직업으로 인정하는 나라이지요. 흥미로운 점은 네덜란드 남자들은 매춘여성을 친구로 삼는 데 거부감이 없고, 75%는 매춘도 직업이라는 데 대해 인정한다고 해요.

세계평화지수 **2014** 상위 국가인 독일, 스위스, 네덜란드, 덴마크, 독일, 아이슬란드와 남미의 많은 나라들도 현재 매춘을 합법화하고 있지요. 매춘을 합법화하고 난 후 성범죄율이 매우 낮아졌다고 해요. 남성들이 성적 욕망을 해소할 데가 없으니, 성범죄가 일어나는 것이지요. 아마도 전 세계적으로 여성들이 남성들만큼 성욕을 밖으로 표현 못하고 수동적이며, 억압받아왔잖아요. 그 결과 남성이 성욕을 해소할 대상이 부족하기 때문에 매춘이 활성화되었을 수도 있어요. 물론 남성들은 늘 테스토스테론의 분출로 성욕이 충만한 생명체들이지요.

여성들이 이것을 이해해야 해요. 남자는 **10**분에 한 번씩 섹스를 생각한다는 보고서도 있어요. 영국의 옥스퍼드대학의 저명한 **70**대 심리학 교수가 **20**년간 남성들의 심리를 연구한 결과를 책으로 엮어냈어요. 제목은 『**Man want nothing Except SEX**』예요. 남자들은 섹스를 빼고 아무것도 원하지 않는다는 것이지요. 이 책은 출간 후 **30**만 부가 팔리는 베스트셀러가 되었는데, 남자 대학생들이 이 책을 옆구리에 끼고 다니는 것이 유행이었다고 해요. 그런데, 이 책은 표지를 넘기면 다음 페이지부터 아무 것도 써있지 않은 백지였다고 해요.

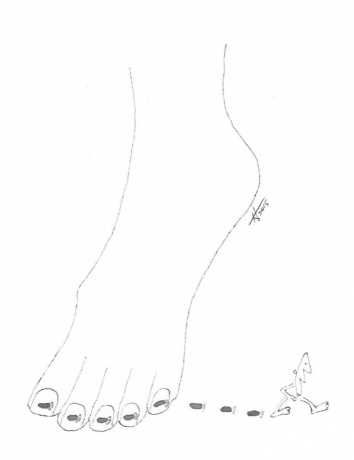

9.
현실에서 나의 자위행위를 직시하자

그대의 일상적인 마음은
성을 억압하고 성에 굶주리고 성에 몰두하는 마음이다.
일상적인 마음은 성에 대해서 건강하지 않다.
우리가 섹스를 자연스럽게 대한다면,
거기에 어떤 철학을 내세워
반대하거나 찬성할 필요가 없다.
그저 자연스러운 것으로
전체적으로 수용하면 된다.

- 탄트라 비젼, 오쇼 라즈니쉬 -

현실에서 나의 자위행위를 직시하자

자, 이렇게 성욕이 풍부한 남성들은 대체 자위행위를 어떻게 할까요?

한국 남성의 경우 중학생 때 시작하는 경우가 **53**%로 가장 높고, 고등학생 때 시작하는 경우는 **28**%예요. 한국여성은 대부분 고등학교 때 시작한다는 성과학연구소의 통계가 있어요. 서울 소재 **10**개 고교 고등학생 **1,000**명에게 질문한 결과, **98**%가 자위행위를 한다고 답했어요.

1997년 한국 성과학연구소에서 성인남성 **2,000**명을 조사한 결과 현재 **53**%가 자위행위를 하고 있다고 했어요. **20**대는 **76**%, **30**대는 **60**%, **40**대는 **36**%, **50**대는 **20**%, **60**대는 **28**%로 골고루 전 연령대에 걸쳐 한다고 보고되었지요.

한국보건교육학회지 발표에 따르면 자위행위에 대해 남녀간의 인식이 달라요. 남자는 '정상적인 행위이다'라고 **69.4**%가 긍정적인 인식을 하고 있는 반면, 여자는 **44.8%**로 반 이하가 부정적인 견해를 가지고 있어요. 아직까지도 여성들이 자위행위에 대해 금기시하는 경향이 있는 것이지요. 그리고 전체 학생의 **24.5%**가 자위행위를 좋지 않은 것으로 생각하는 견해를 가진 것으로 발표했어요. 성 학자들의 과학적 이론보다는 종교나 사회가 만든 카테고리 속에 자신을 편입시켜 사고하는 경향이 있다는 것이 증명되었지요. 자위행위 경험 또한 남자는 **86.6%**가, 여자는 **14.9%**만이 경험하고 있다는 것으로 나타났어요. 가히 천양지차가 드러났지요.

김현숙,「 대학생의 성 경험에 영향을 미치는 요인 분석」『 한국보건교육학회지』,
제12권 제2호, <한국보건교육학회, 1999, p.343>

이것이 바로 우리의 현실이랍니다.
이렇게 자위행위에 대해 부정적인 편견을 가진 사람이 후에 섹스리스나 불감증으로 가는 것이 당연한 코스이지요.
남성 자위행위의 문제점은 청소년기에 방에서 부모의 눈치를 보며 죄책감을 가지고 시작하다보니, 성급한 사정으로 치닫는 것이지요.

남성 자위행위 = 성급함 + 죄책감 + 불안감

반면에 여성들은 자위행위에 대해 누구에게 물어볼 수도 없고, 여성들끼리도 그 부분에 대해서는 입을 함구하고 살지요.

여성 자위행위 = 수치심 + 은닉성 + 죄책감

실제로 제게 상담하는 여성분들의 대다수는 한 번도 성기그림을 본적도 없고, 본인의 클리토리스가 어디 있는지, 뭐가 클리토리스이고, 뭐가 소음순인지도 몰라요.

남성들도 마찬가지예요. 본인이 플레이보이라고 하는 분도 여성의 성기명칭도 모르고, 오직 테크닉에만 관심있는 경우도 많아요. 제대로 된 의학적 정보와 건강한 지침으로 제대로 된 성생활을 하는 것이 절실하게 필요해요.

자기 성기를 부끄러워하는 여성이 어떻게 남성에게 커니링구스를 받겠어요? 심지어, 남성이 여성의 성기를 보거나 만지지도 못하게 한다면 어떻게 쾌감을 느끼겠어요? 단지 쾌감의 문제가 아니라, 교류의 문제이지요. 결국 성적인 불만족이 이혼의 사유가 되고, 관계의 단절이 된다는 것을 잘 인식해야 해요. 이제는 사회적으로도 여성의 자위에 대해 공론화하고, 밝게 토론하는 자세가 필요해요.

오르가즘을 느끼지 못하는 **70%**의 여성은 기본적인 학습이 안 되어 있는 경우가 대부분이에요. 결국 **4~50대**가 되어서 폐경을 맞이하고 후회하면서 여성으로서 포기하고 사는 것은 얼마나 비참해요? 이제라도 불감증에서 벗어나서 마음껏 신이 창조한 매커니즘을 잘 활용하도록 해요. 사랑과 기쁨의 호르몬이 뇌에서 뿜어져 나올 때 인간은 행복하지요.
결국 인간의 행복은 본능을 억압하지 않고 자유롭게 풀어놓았을 때, 환희로 넘쳐나고, 자신의 참존재를 찾을 수 있을 거예요.

자, 이제 다시 눈을 감고, 자신의 자위생활이 그간 어떠했는지 생각해보는 시간을 가져볼까요?

질문에 답하시오.

자위행위에 대한 자신의 생각?
긍정! 부정!

자위행위 횟수는?

자위행위가 좋다고 생각하는가? 그렇다면 왜?

자위행위가 좋지않다고 생각하는가? 그렇다면 왜?

자위행위와 섹스의 차이는?

note

기존의 자신의 자위습관에 대해 기술하시오.

10.
흥분조절로 조루를 탈출하자

섹스에 얽힌 무의식적 갈등이 해결되지 않는 한
사람은 결코 정상으로 되돌아올 수 없다.
인간은 성에 대한 잘못된 태도 때문에
결국 정신적 불 건강상태를 얻게 되었다.
다른 태도는 필요치 않다.
오직 성에 대한 자연스러운 태도만이 필요하다.

– 탄트라 비전, 오쇼 라즈니쉬 –

10.
흥분조절로 조루를 탈출하자

사실 남성들의 대부분이 조루상태에 있다는 통계가 있어요. 전 세계 평균 삽입섹스시간이 **5~10**분이에요. 이에 비해 여성들은 오르가즘에 이르는 시간이 평균 **30**분정도 걸려요. 물론 개인차와 상황차가 있겠지만, 여성의 몸은 충분한 전희로 예열이 된 후 삽입섹스를 시도하여 충분한 시간이 지나야지만 환희의 절정을 느끼지요.

남성들은 느리고 완급한 **slow sex**를 시도하면 여성들을 충분히 만족시켜줄 수가 있지요. 중국의 성애서인 『옥방지요』에서 선인仙人 팽조는 이러한 가르침을 주고 있어요.

"교접의 법도는 다른 것이 아니라, 서두르지 않고 온화하게 행하는 것을 으뜸으로 삼는다. 아랫배의 단전을 살살 문지르다가 더 깊이 다가가 쓰다듬고 조금 흔들어주면 여자의 기가 발동한다."

하지만 대부분의 남성들이 즉각적이고 사정위주의 자위행위를 하다보니, 그것이 결국 섹스 때도 똑같이 이어지지요. 물론 여기에는 포르노물의 자극적인 영상의 학습이 큰 몫을 하지요. 포르노속의 여주인공들은 남성의 강한 액션에 소리를 지르며 환희의 표정을 짓지만, 대부분은 상업적 목적으로 이루어진 영상물이에요. 실제 섹스에서 여성들은 강한 피스톤 운동으로 사정을 목적으로 하는 섹스보다는 감미롭고 부드러운 섹스를 더 선호하죠.

고대 성고전인 『동현자』에서도 여성을 다루는 법에 대해 마찬가지로 설명하고 있어요.

"여자를 다루는 법도는 정성껏 시간을 들여 애무하여 여자의 마음이 움직이게 된 다음 교접을 행하여야 한다. 마음이 합쳐지면 모든 것이 저절로 풀린다. 이를 안심(安心:마음을 편안히 함)과 화지(和志:마음을 하나로 함)라고 한다. 남자는 무릎을 꿇고 여자를 품에 안는다. 허리를 쓰다듬고 목과 귀를 애무한 후, 마음을 낮추어 끌어안고, 입을 맞추고 여자의 왼손으로 옥경을 쥐게 하고, 남자는 여자의 옥문을 애무한다."

안심과 화지, 즉 편안한 마음이 으뜸이라는 것이지요.

이제 남성의 자위는 빠르고 급한 사정에서 느긋하고 여유롭게 즐기며 사정을 지연시키는 자위행위로 바꾸어야 해요. 조루를 예방하기 위해서는 청소년기에 자위행위를 시작할 때부터 이러한 연습을 해야 하지요. 첫 자위행위를 죄의식과 불안감으로 시작하는 것이야말로 조루로 가는 지름길이에요. 사실 대부분의 남성들이 조루라고 해도 과언이 아니예요. 전 세계 남성들의 평균 삽입시간이 **5분** 이내라는 통계가 있어요. **2015년** 미국 남성의 삽입시간은?

1분이예요.

섹스를 잘 할 것 같은 유럽남성들도 삽입시간이 네덜란드 **3**분 등으로 그리 강하지는 않아요.

방송사 중역인 **P** 씨는 어느 날 제 강의를 듣고 고개를 끄덕이며 본인이 조루라는 고백을 했어요. 사춘기 때 형제들 많은 집에서 성장해 문을 잠그지도 못하는 상황에서 급하게 자위를 하는 습관이 들었다고 해요. 그러다보니 늘 다급하게 빨리 사정을 했고, **20**대 후반에야 첫 경험을 치렀는데, 그것도 직업여성에게서 뭐가 뭔지도 모르는 상황에서 후다닥 끝나버리고 말았다는 거예요. 이런 식으로 결혼 전까지 섹스경험을 하다 보니, 아내와도 **1**분 내에 사정해버리는 습관성조루가 되었다고 한탄을 했어요. 아, 하고 탄식하며 이제는 못 고치는 것 아니냐고…. 사실상 자기는 제대로 된 섹스를 한 번도 못했다며 지금이라도 제대로 하는 법을 공부해야겠다고 결의를 했지요.

아마 대부분의 남성들이 이런 환경에서 비슷한 체험을 했으리라고 생각해요. 자신이 조루라고 해서 자녀들도 조루를 만들고 싶지는 않겠지요?

부모들은 청소년의 성욕을 인정해주고, 편안하게 성감을 개발할 수 있는 가정환경을 만들어주는 것이 중요해요. 언제까지나 숨기고 감추겠어요? 건강한 성생활의 기본은 건전한 자위행위에서 출발한다는 사실을 명심해야겠지요.

방송청취자들 중에도 본인들은 늦었지만, 아들, 며느리에게 꼭 방송을 들으라고 추천해주시는 교수 분도 있고 아들과 딸에게 슬며시 방송 에피소드를 링크해주셨다는 후기도 접했어요. 이러한 작은 시작이 역사를 바꾸고 문명을 바꾸는 첫걸음이지요.

지금까지 자신도 모르게 습관성 조루로 성 만족이 바닥이었다면 희망을 가지세요. 노력하면 당신도 조루를 탈출할 수가 있어요. 삽입과 사정이라는 즉각적인 반응을 뇌에서 지우고 조금씩 흥분을 조절하며 발기를 유지하면 누구나 명도가 될 수 있답니다. 포기하면 길이 없지만, 하겠다고 마음먹으면 여성에게 끝없는 희열을 선사하는 멋진 남성이 될 수 있으니, 자신감을 가지세요.

제가 아는 40대 50대 남성들도 조루였다가 지금은 1시간 이상 발기를 유지하며 튼튼하고 건강한 남성을 확인하고 여성에게 깊은 오르가즘을 선사하는 경지에 이르렀으니, 여러분도 용기를 내세요.

자, 그럼 남성 자위행위를 어떻게 하는 지 알아볼까요?

남성들에게 전하는 조루탈출의 메시지

How to man

Step 1.

먼저 편안한 마음을 갖으세요. 방문을 잠그고, 은은한 조명을 받으며 음악을 트세요. 명상음악이나, 느린 템포의 로맨틱한 뮤직이 좋아요.

Step 2.

향초를 켜고 향을 음미하면서 몸과 마음을 편안히 내려놓으세요. 머릿속에 잡념을 지우고 편안히 눕거나 앉으세요.

Step 3.

눈을 감고 고요함 속에서 음악을 들으며 가슴이나 팔, 허벅지 등을 쓰다 듬으세요. 몸을 사랑하며 부드럽게 이완시키는 과정이예요. 이때 손으로 느껴지는 감각에 집중하세요.

Step 4.

몸이 릴렉스되었으면 성기주변을 어루만지세요.
허벅지 안쪽이나, 배를 만지다가 음모를 쓰다듬은 후 성기로 옮겨가세요. 페니스와 고환을 부드럽게 터치하세요. 고환아래에서 페니스쪽으로 쓸어올리거나, 자유롭게 탐험하는 자세로 성기를 만지세요.

Step 5.

발기가 되었으면 손을 둥글게 말아 페니스를 자극하세요.
이때 급하고 강하게 **up down**을 하지 말고 천천히 쥐고 움직이면서 서서히 자극의 강도를 높이세요.

손을 더 작게 쥐고, 위, 아래로 움직이며 속도도 점점 빠르게 높이세요.

Step 6.
흥분이 상승하여 페니스가 탱탱해지면 자극의 강도를 줄이세요.
사정하기 전에 멈추는 훈련이 가장 중요해요. 흥분을 조절하는 능력이 필수요소이지요.

Step 7.
여러 번 흥분조절을 하여 발기상태를 연장시키세요.
마지막에 참기 어려울 때 사정하세요. 발기가 오래될수록 자신감이 생기고, 실제 섹스 시에도 유용하게 임할 수 있어요. 시간을 체크하며 근력운동을 하듯 점점 향상시키세요.

Step 8.
사정 후 급하게 아무 일 없듯이 후다닥 뒤처리를 하지말고 몸의 여운을 즐기며 느낌에 집중하세요. 아련한 쾌감을 느끼며 휴식하세요.

Key Point

자위행위 X
습관적 도식을 버려라
발기 – 흥분 – 사정

자위 Big Tip

1. 샤워기를 빙빙 돌리면서 허벅지나 회음부위의 항문, 고환 밑부분부터 시작해 페니스 전체에 물줄기를 분사하세요. 멀리서 가까이서 물의 강도를 조절하면서 페니스와 귀두, 귀두와 페니스를 연결한 끈이 있어 주름진 소대에 집중시켜 쾌감을 찾으세요. 위 아래, 좌우로 물줄기를 이동하며 쾌감과 더불어 페니스를 강화시키세요.

2. 오일을 사용하는 것도 좋은 팁이에요. 자신에게 맞는 향의 아로마 오일이나, 크림을 이용해 손에 펴 바른 다음, 성기를 부드럽게 마사지하듯 즐기는 것도 좋아요.

3 샤워시 비누칠을 하여 페니스를 자극하는 방법도 있어요. 이때 요도구멍에 비누가 들어가지 않도록 위에서 아랫방향으로 펌프질을 가하는 것이 좋아요. 비누는 알칼리성이라서 요도에 염증을 일으킬 수도 있으니, 주의해야해요.

---

exercise

명도 수련법
학습목표: 조루를 탈출해 명도로 거듭난다.

- 사정조절 훈련을 한다.
- 사정 포인트를 알고 흥분을 조절해
  장시간의 발기 상태를 유지한다.
- 항문 조이기, 소변 끊기
- PC근육 수련을 통해 성근육을 단련 시킨다.

* 주의사항

너무 참다가 사정 직전에 자극을 멈추면서 사정을 참으면 정액의 전립선 역류가 올 수 있으니, 조심해야 해요. 사정 상태가 **10**이라면 흥분상태 **7,8**에서부터 멈추는 훈련을 해야 해요. 만약 사정을 참을 수 없다면 그대로 사정을 하고, 다시 훈련을 실시해서 자신의 흥분포인트를 찾아 사정을 조절하는 훈련을 지속적으로 하세요.

평상시에 흥분조절 훈련을 지속적으로 한다면 실제 섹스에서 여성에게 큰 만족을 주는 명도가 될 수 있어요. 물론 본인의 성감개발에도 아주 유익하지요.

exercise

자위행위 수련 {시간 30분}
사정하지 않기.
시간 체크하기.
흥분조절 횟수 기록하기

exercise

자위행위 map

앞으로 어떻게 할 것인가?

나의 다짐

11.
여성의 자위는 성생활의 필수요소이다.

우리는 섹스에 대해서 많은 사람들의 의견을 들어왔다.
그러나 그대는 모두 죄의식 속에서 그것들을 대해 왔다.
억압적이고 급하고 주저하는 마음에서 말이다.
이제 그 모든 짐을 벗어 버릴 때가 왔다.
부정한 태도로 그대의 각성과 예민한 감수성을 파괴하지 마라.
시인이 아름다운 정원을 거닐 때처럼 깨어있어야 한다.

- 탄트라 비젼, 오쇼 라즈니쉬 -

11.
여성의 자위는 성생활의 필수요소이다.

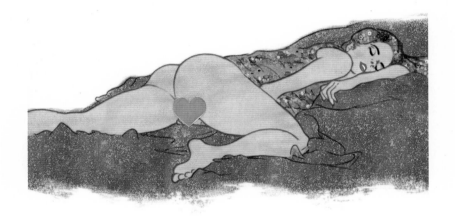

여성들에게 전하는 자위행위의 성감개발 메시지
How to woman

Step 1
로즈나, 자스민같은 향이 나는 바디워셔로 샤워를 하세요.
거품난 상태로 몸의 여기저기를 미끄러지듯 부드러운 느낌을 음미
하면서 터치하세요.

Step 2
조명을 어둡게 하고, 향초를 켜서 로맨틱한 분위기를 연출하세요.
명상음악이나, 자연의 소리, 감미로운 음악을 틀고 편안하게 누우
세요.

Step 3
머리속의 생각을 지워버리고,
손으로 온 몸을 어루만지면서 느낌에만 집중하세요.

Step 4
성적 환타지를 이용해 좋아하는 사람, 장소, 장면 등을 상상하면서
가슴과 배, 허벅지 안쪽 등 성기주변을 천천히 쓰다듬으세요.
생각을 텅 비운 채 터치에만 집중해도 좋아요.

Step 5
성기 전체를 손바닥으로 가볍게 쓰다듬다가 대음순, 소음순, 클리토
리스를 손끝을 이용해 만지세요.
클리토리스는 표피를 원을 그리듯 가볍게 터치하다가 점점 강도를
가해 자극을 주세요.
애액이 나오면 소음순과 그 주위를 매끄럽게 터치하세요. 본인이 만
졌을 때 느낌이 좋은 부위를 집중적으로 공략해 더 흥분을 높이세
요.

Step 6
자극을 중단하지 말고, 폭발하는 듯한 쾌감이 오는 클리토리스 오르
가즘을 즐기세요. 손가락이나, 섹스토이를 이용해 **G-**스팟을 자극하
여 오르가즘을 느끼세요.

Step 7
절정을 느낀 후 서서히 릴렉스하며 휴식하세요.

자위 Big Tip

1. 샤워시 몸에 거품을 내어 매끄럽게 몸 전체를 터치하며 감각을 느세요. 이후에 샤워기를 이용해 수압을 조절하여 바기너 전체를 자극하세요. 너무 약하면 흥분이 잘 안 되어 절정에 오르지 않고, 너무 강하면 아프니 샤워기를 멀리서 가까이서 조절하여 자신에게 맞는 감을 찾으세요. 하이테 리포트에서 미국여성들이 가장 많이 하는 자위기법으로 알려져 있어요.

2. 스토리가 있고, 영상이 좋은 야동을 보면서 흥분을 시키는 방법도 있어요. 남성에 비해 여성들은 스토리가 있는 자극을 선호하는 경향이 있으니, 성적 흥분을 유발할 수 있는 매체를 활용하는 것도 추천합니다.

Key Point

자위행위 X

억압마인드를 버려라

수치심 + 죄책감 + 무지함

자위행위 O

자위행위를 즐겨라

편안함 + 쾌감 + 자유로움 + 긍정의 마인드

* 주의사항

불감증 여성 대부분이 자위행위를 터부시하는 경향이 있답니다. 클리토리스 자극을 통해 본인 스스로 성감을 개발하는 것이 필수적이예요. 스스로 흥분하는 것을 부끄럽게 생각해서 스스로 억제만 하면 섹스불감 악순환의 연속이다. 오르가즘을 느끼고 싶다면 적극적으로 클리토리스 오르가즘을 통해 성감을 개발하는 노력이 필수적이예요. 오일이나, 바이브레이터 딜도 등을 사용하는 것도 방법이지요.

더불어 틈날 때마다 PC근육을 조이는 훈련(괄약근 운동)을 해야 해요. 여성의 질조임이 좋을수록 명기로 인정받지요. 항문과 회음 성근육은 8자모양으로 생긴 근육으로 감싸여져있어요. 이 부분을 지속적으로 단련하여 명기수련을 하세요. 소변을 끊어 누는 훈련부터 시작해 항문에 힘을 주다보면 개발이 된답니다. 그리고 성관계시 남성의 페니스를 꼭 쥐는 질조임을 연습하세요.

exercise

자위행위 map

앞으로 어떻게 할 것인가?

나의 다짐

exercise

학습목표 ; 클리토리스 오르가즘을 느껴 성감을 개발한다.

온몸 자극으로 에너지 순환시키기

클리토리스 자극하여 오르가즘 느끼기

질조임으로 흥분을 지속하는 훈련하기

exercise

명기 수련법

학습목표: 지속적인 질 조임 수련으로 명기로 거듭난다..

소변 끊기, 항문 조이기

시간이 날 때마다 질을 의식하고

질 근육을 쥐었다 펴며 PC근육을 단련 시킨다.

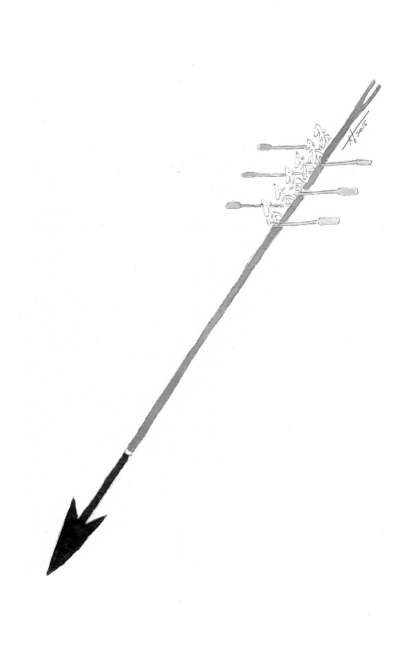

12.
자위행위를 통해 사랑으로 나아가자

그대는 수많은 차원의 복합에너지를 갖고 있는 거대한 신비이다.
그것을 받아들여라.
깊은 감수성과 통찰력을 갖고 그대 자신을 대하라.
그때 모든 욕망은 그 한계를 초월하기 위한 하나의 수레가 된다.
그때 모든 에너지가 도움으로 변할 것이다.
그때 이 세상은 니르바나이며,
이 육체는 하나의 사원이 된다.
거룩한 성전이 되는 것이다.

– 탄트라 비전, 오쇼 라즈니쉬 –

자위행위를 통해 사랑으로 나아가자

자위행위는 나를 사랑하는 행위이며, 성감을 개발하는 핵심요소예요. 여성들이 전혀 자위행위를 하지 않고 남성에 의해서만 오르가즘을 느끼려고 하는 것은 대단히 이기적인 마인드이지요. 본인 스스로가 충분히 성감을 개발해서 관성의 법칙에 의해 흥분을 빨리 고조시켜 남성과의 관계에서도 오르가즘을 자주 느낄 수 있도록 해야 해요.

자위행위에서 오르가즘을 잘 느끼는 여성이 섹스에서도 오르가즘을 쉽게 느낀다는 거 이제 잘 아셨죠?

남성들은 명도가 되기 위해 부단히 연장을 연마하세요. 남성들의 오르가즘 중의 하나는 여성을 만족시켰을 때 얻어지는 수컷으로서의 쾌감이잖아요. 육체의 단련과 더불어 정신의 자유로움이 합해졌을 때 인간인 우리는 무한한 오르가즘의 세계를 경험할 수가 있어요.

남자와 여자가 음양으로서 하나가 되는 행위는 신성하고 아름다운 것이라고 고대 인도의 경전 탄트라에서는 가르치고 있어요. 그리고 섹스를 통한 우주와의 합일이 탄트라의 목표이지요. 이를 위해서는 명상을 통해 자신을 내려놓고 생각을 비우는 연습을 평상시에 해야 해요. 또한 인간의 몸의 감각을 최대한으로 끌어올리는 수행도 필수 이지요. 감각의 느낌을 **100%**로 받아들일 때 우리의 영혼은 성장하지요. '노력하지 않는 자 복을 얻을 수 없고 부단히 노력하는 자 복을 누릴 것이다.' 이런 평범한 진리를 실천할 때 인생의 깊은 맛을 느낄 수 있다고 해요.

대기만성大器晩成이라는 사자성어는 모르는 분이 없을 것으로 생각해요..

그런데, 많은 사람들은 글자 그대로 크게 될 사람은 오랜 시간이 걸려야 만들어진다는 뜻으로 이해하고 있는데 노자의 『도덕경』을 보면 큰 지도자는 늦게나마 완성된 형태가 아니라 끊임없이 완성되어 가는 모습이어야 한다는 뜻을 말하고 있지요. 만晩 자가 필사과정에서 오기된 것이 아닌가? 하고 주장하는 학자도 있답니다.

이 분야의 권위자 박 모 교수는 이 세상에 가장 큰 그릇은 없다. 그 그릇은 앞으로 만들어질 그릇이라는 것으로 해석하고 있어요. 이것은 끊임없이 새로움을 추구하고, 큰 그릇이 되어 가는 노력 속에서 사랑의 마술사가 완성되어 간다는 것이지요. 따라서 날마다 날마다 새로워지며[日日新하고] 또 날마다 새로워져야 한다[又日新하라!]는 용어 중의 일신日新이라는 말이 대기만성과도 같은 뜻이라고 해요.

이렇게 매 시간 마다 새로운 생각과 새로운 발상과 새로운 지식으로 사랑의 무한한 모습을 만들어가는 속에서 사랑의 승리자가 되어 완성되어 가는 것 아닐까요?

큰 그릇은 영원히 완성되지 않는다는 말과 함께…….

그리고 대기만성大器滿成, 큰 그릇에는 담을 것도 많지요.

사랑도 마찬가지예요. 부부간에 연인간에 서로 노력하고 몸을 개발시켜나가서 성감을 최고조로 이끌어나가는 훈련을 할 때 두사람의 사랑은 더욱 더 커가고 발전되어간답니다. 가장 늦은 때가 가장 빠른 때라는 속담이 있잖아요. 나는 너무 늦었어라고 포기하는 순간, 기회를 놓치는 거예요. 미국의 한 대학에서 **70**대 실버들에게 죽기 전에 가장 후회하는 것이 무엇이냐는 질문에 **1**위는 '그동안 섹스를 더 많이 할걸'이라며 아쉬워했다는 보고가 있어요. 지인 중에 한분은 **73**세인데, 당뇨로 **8**년간 발기부전이 와서 섹스를 하지 못하다가 자전거타기를 열심히 한 결과 몇 년 전부터 정상적으로 발기가 되었다고 해요. 지금은 **70**대인 아내와 일주일에 **3**회씩 섹스를 하면서 부부애를 더 돈독히 하고있다고 해요. 섹스에 나이는 상관없답니다. 내가 어떻게 나의 생각을 바꾸고, 실천해나가느냐가 중요하지요.

중국의 고대 의학서인 『황제내경』에 나오는 「소녀경」에 의하면 황제가 '교접은 하되 사정은 하지 않는 것'에 대해 효과를 묻자 소녀가 이렇게 답을 해요.

"사정하고 싶을 때 이를 참아 한번 사정하지 않으면 기력이 왕성해지고, 두 번 참으면 눈과 귀가 밝아지고, 세 번 견디면 만병이 없어지며, 네 번 참으면 오장상태가 안정되며, 다섯 번 억제하면 혈맥이 충만하여 키가 커지며, 여섯 번 참으면 허리와 등이 강해지고, 일곱 번 이겨내면 엉덩이와 가랑이에 힘이 붙고, 여덟 번 참으면 몸에 윤기가 흐르고, 아홉 번을 참아내면 수명이 길어지고, 열 번을 극복하면 신선이 되는 길이 열린다고 가르침을 주었지요."

이는 사정을 조절하여 남성의 에너지를 보존함으로서 신선이 되는 방중술을 토대로 하고 있어요. 여기서 주의할 점은 황제는 많은 후궁을 거느리는 입장이므로 잦은 교접과 사정은 황제의 몸을 축낼 수밖에 없겠지요. 하지만, 오늘날의 일반인들이 '접이 불루'라는 용어에 집착해 아예 사정을 하지 않는 성생활을 하면 전립선에 이상이 생겨 질환이 발생한다고 현대의학자들은 경고하고 있어요. 실제로 비 사정이라는 용어를 사용하여 사정을 절대 하지 말라는 말을 듣고 사정을 참다가 결국 사정을 하고 싶어도 하지 못하는 심각한 상태가 된 분의 사례도 있어요.

사정을 하되 흥분을 잘 조절하고 자신의 건강상태에 맞게 사정하는 습관을 들여야 해요. 이에 대해 동양의 고전에서는 몇 가지 지침을 주고 있어요.

『천금방千金方』에서는 「소녀素女의 법」이라하여 적절한 사정 횟수 조절에 대해서 이렇게 가르침을 주었어요.

"나이 **20**세인 사람은 **4**일에 한 번,
나이 **30**세인 사람은 **8**일에 한 번,
나이 **40**세인 사람은 **16**일에 한 번,
나이 **50**세인 사람은 **20**일에 한 번 사정을 하고,
나이 **60**세가 넘으면 사정해서는 안 된다.
그러나 체력이 아직 강건하면 (비록 60세가 넘어서도) 한 달에 한 번 사정해도 좋다."

과거에는 **60**세 이상 수명을 누리기도 어려웠고, **40**대에 사망하는 경

우가 대부분이었으니, 이를 참고하여 각자의 성생활에 응용하면 될 것 같아요.

또한 『양생요집 養生要集』에서 도사 유경의 가르침을 볼까요? 양생이란 몸과 마음을 건강하게 해서 오래 사는 법으로 웰빙라이프와 같은 뜻이지요.

"봄에는 사흘에 한 번
여름과 가을에는 한 달에 두 번 사정을 하되
겨울에는 일체 사정을 하면 안 된다.
무릇 하늘의 이치는 겨울이 되면 양기가 퇴장하는 법이다. 따라서 오래 살고 싶으면 이 법을 따라야 한다. 겨울의 한번은 봄의 **100**번에 해당한다."

최근 성의학자들은 가장 이상적인 성생활을 일주일에 **3**회라고 발표했어요. 육아에 전념해야하는 **30**대 여성들이나, 일에 매진하는 피로사회를 살고 있는 한국인들에게는 꿈만 같은 일이지요. 부부간에 주말을 이용해, 다른 장소에서 부부 둘만의 시간을 갖는 것이 섹스리스를 피하는 길이예요. 육아나 일에 대한 부담을 잊고 오직 집중해서 두 사람만을 위한 시간과 공간을 만들어 나가는 것이 부부권태기을 극복하고 애정을 유지하는 비결이예요.

또한 부부간에 파트너 간에 불만을 속으로만 쌓지 말고, 허심탄회하게 성생활에 대해서 이야기하고 잘못된 점을 고치고 좋은 습관을 길러나가는 것이 급선무랍니다. 서로에 대한 신뢰를 바탕으로 남녀의 성 매카니즘을 이해하고 성욕을 인정하면서 충분히 커뮤니케이션을 주고받아야 해요.

여성도 적극적으로 본인의 성감을 개발하고, 남성들은 흥분조절을 해 조루를 탈피하여 여성에게 오르가즘을 선사하는 기쁨을 누리세요.

사랑의 금자탑을 쌓기 위해서는 밑줄 긋고 명심하세요.

섹스는 사랑이예요.

서로간의 충만한 사랑의 마음을 몸을 통해 표현하는 것이지요.

섹스는 단순히 욕망의 배설이 아니라, 서로간의 교감이자, 상호간의 배려예요.

지난 세기동안 우리의 뇌는 사회화의 과정에 의해 통제당하고 섹스를 은폐시켰지만, 이제는 밝고 당당한 성으로서 본래의 위치를 찾아야 해요.

섹스는 아름다운 것이고 섹스는 자유로운 것이에요.

인간의 본성에 내재되어있는 하나가 되고자 하는 열망이기도 하구요.

지금부터라도 나 자신을 위해서 그리고 후손들을 위해서 우리의 **DNA**를 바꾸어야 해요. 억압과 분노와 슬픔의 **DNA**에서 사랑과 평화와 존중의 **DNA**로 바꾸었을 때 인류의 문명은 평화로워지고 행복해질 거예요.

당신과 내가 지금부터 시작하는 거예요.

이번 장을 통해 성감개발을 위한 자위의 중요성을 알고, 실천을 해보았으니 이제부터는 스스로 연습을 게을리않고, 부단히 갈고 닦으세요.

당신과
당신의 파트너를 위해
사랑스럽게 변화하는 거예요.
자, 이제
당당히 자위행위를 즐기고, 성감을 개발하여 그를 혹은 그녀를 위해 매력적인 연인으로 태어나세요.

성공대학 (Sex University)
입학생들의 등급심사용 예상문제지

본 문제지에 나오는 내용이 실제 시험에도 똑같이 출제됩니다. 단, 순서는 바뀔 수 있습니다. 주관식과 객관식이 혼합되어 출제됩니다. 시험점수 총 **80**점 이상인 자에 한해서 성공대학 **1,2,3**학년 자격증과 졸업증이 수여됩니다. 열심히 공부하기 바랍니다.

예상문제

1.아시아 13개국 중 성만족도가 가장 높은 나라는 어느 나라인가?
① 터키 ②일본 ③ 한국 ④ 태국 ⑤ 인도

2. 화이자 제약 조사에서 아시아 13개국 중 성만족도에서
한국은 몇위인가?
(주관식:)

3. 1940~50년대 자위에 대한 보고로 미국사회를 충격에 빠뜨리며, 자위의 실태에 대해 남성 92%, 여성 58%가 자위를 통해 오르가슴을 느낀다는 사실을 밝힌 사람은 누구인가?
① 마스터즈 앤 존슨   ② 에디슨   ③ 킨제이 ④ 잔다르크 ⑤ 휴해프너

4. 다음 중 자위에 대한 잘못된 생각은 무엇인가?

① 수치심없이 편안히 즐겨야한다

② 음악과 조명으로 몸과 마음을 이완시킨다

③ 좋아하는 사람을 상상하면서 흥분을 고조시킨다

④ 야동을 보며 자주 급한 사정위주의 딸딸이를 한다

⑤ 스스로 몸을 어루만지며 성감을 개발한다

5. 다음중 자위행위에 관한 용어가 아닌 것은?

①용두질 ②오나니즘 ③딸딸이 ④마스터베이션 ⑤수음 ⑥정답없음

6. 다음중 여성 자위행위에 대한 올바른 인식은 무엇인가?

① 자연스런 성욕의 해소이므로 사회적으로 권장해야한다.

② 부끄러운 행위이므로 감추어야 한다.

③ 친구들과도 절대 얘기해서는 안된다.

④ 남편에게 들켜서도 안되고, 보여주어서도 안된다

⑤ 자위행위는 절대 해서는 안되는 죄악이다

7. 다음 중 자위행위의 장점이 아닌 것은?

① 몸과 마음의 지친 피로를 풀어준다.

② 달콤한 잠을 유도하는 수면제다.

③ 스스로 성욕을 조절하여 신경증이나 충동적인 성격을 완화시킬 수 있다.

④ 인간애와 충만감을 느끼며 교감을 통한 심적, 육체적 교류를 할 수 있다.

⑤ 자신이 원하는 장소와 시간에 맞게 자유롭게 성욕을 해소할 수 있다.

8. 다음중 올바른 자위행위 도구가 아닌 것은? (2개 고르시오)

①딜도나 성기모형 ②손이나 손가락 ③오이나 가지 ④바이브레이터

⑤소고기나 두부

9. 다음은 올바른 남자 자위행위의 매커니즘도식이다. 괄호안을 채우시오

애무 – 발기 – 흥분 – (   ) – 흥분 – (   ) – 흥분 – 사정

10. 아래는 여성의 성기모양이다 각 부위에 해당하는 명칭을 써넣으시오.
(각 점수 1점)

1) 클리토리스, 대음순, 소음순, 요도, 질   5개 표시.

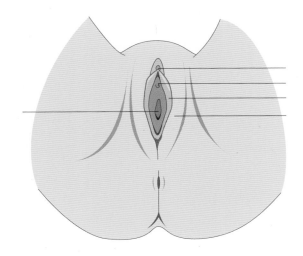

2) 여성의 성기중 가장 예민한 곳으로 섹스시 반드시 흥분시켜 오르가즘을
위한 예열장치라고 불리우는 곳은 무엇인가?

(주관식:) 점수 5점

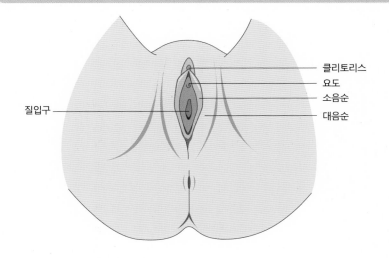

- 클리토리스
- 요도
- 소음순
- 대음순
- 질입구

epilogue

성의 세계는 깊고 넓은 바다와 같다.

어느 배를 선택하고 어떤 선장을 만나느냐에 따라 배는 표류하기도 하고, 풍랑을 이기지 못해 난파되기도 하고, 위기를 잘 극복해 목적지에 도착하기도 한다.

당신의 배는 지금 안전한가? 묻고 싶다.

만약 당신에게 위기가 있다면 선원들은 합심해서 슬기롭게 위험을 이겨내고 파라다이스로 가야한다.

인간은 사랑으로 잉태하고 사랑의 힘으로 살아간다.

남녀관계에서 사랑의 표현은 섹스다.

40대 이후 부부의 **50**%가 섹스리스인 대한민국의 현실이 답답하기만 하다. 어느 한쪽의 문제는 아닐 것이다. 어느 동창회에서 부인과

아직도 섹스하냐?는 비웃음을 들은 분의 이야기를 들은 적이 있다.
부부는 서로 사랑하고 사는 존재이다. 같이 노력하지 않으면 안 된
다. 미혼들도 성에 대해 알지 못하면 선배들의 전철을 밟을 수밖에
없다. 자신에게는 볼품없는 당신의 부인이 남의 눈에는 매력적인 여
인이다. 자신의 여인과 자신의 남자를 최고의 명기로 만들고 자신도
최고의 명기로 거듭나 서로에게 꼭 필요한 존재가 된다면....

방송을 듣고, 이를 실천한 결과 무덤덤하던 부부사이가 좋아져 신혼
시절로 돌아갔다는 고백을 많이 들었다. 또 아내가 최고의 여자이기
때문에 다른 여자를 쳐다보고 싶지도 않다는 남성도 있다.
아내는 남편과의 섹스를 기피하지만 말고, 무엇이 문제인지 대화하
고, 남성도 그간의 급하고 강한 섹스패턴을 바꾸어 여성이 원하는
섹스로 나아간다면 우리에게도 희망은 있다.

이 책을 읽고 있는 당신이 우물 안의 개구리의 답답한 삶을 깨치고
일어나, 온몸을 깨우고, 당신을 감옥에 가두었던 사슬을 끊어 몸과
마음이 자유로워졌으면 좋겠다.
사랑만큼 소중한 건 섹스이다.
그가 나를 안고 위로하는 몸짓과 따스한 입맞춤, 두 사람이 한 몸이
되어 깊고 그윽한 떨림 속에서 오는 환희와 축복. 우리가 누려야할
인간의 권리이다.
부디 비아그라를 찾고, 정력제를 먹으며, 강한 힘과 파워만을 찾았
던 과거의 나를 버리고, 올바른 지식과 의학적 지침아래 견성하는
마음으로 성을 성스럽게 생각하는 마음을 가지기를 바란다.

탄트라에서는 사랑하는 여인을 여신이라 하여 그 발에 입 맞추는 것
으로부터 섹스의 출발을 알린다. 고귀하고 아름다운 성의 본질성을

회복하여 누구나 자신 안에 있는 남신과 여신으로서의 본성을 찾길 바란다.

당신 안에 사랑을 찾을 때 당신의 몸은 깨어나고. 당신의 마음은 사랑으로 가득 차게 된다. 온몸의 세포와 혈액이 사랑으로 요동쳐 뜨겁게 혈관에 흐를 때 당신은 비로소 인간의 참사랑을 느낄 수 있다.

몸과 마음이 아름다운 섹스를 통해 사랑의 **DNA**로 바꾸어 갈 때 당신의 존재는 우주의 환한 빛으로 빛날 것이다.

성공대학 팟캐스트 / 팟빵

www.podbbang.com/ch/10322

앱,팟캐스트 청취
팟빵,아이튠즈에서 성공대학(검색)

다음 카페
성을 공부하는 대학
cafe.daum.net/ssuniv

SG클리닉 연구소
서울시 강남구 역삼동 821-1
이즈타워빌딩 5층 (아이러브 강남의원 내)

방문상담 02-6401-7575
전화상담 010-5937-3013
ssuniv69@hanmail.net

몸과 마음이 깨어나는

사랑의 DNA

1 self love : 자위(自慰)

초판 1쇄 인쇄 | 2015년 12월 25일
초판 1쇄 발행 | 2016년 01월 05일
지은이 | 정천 마담로즈
펴낸이 | 홍수경
펴낸곳 | 엠에스북스
출판등록 | 제 2-4570호 (2007년 2월 26일)

주소 | 서울시 마포구 토정로 222
전화 | 02) 334-9107
팩스 | 02) 334-9108
이메일 | pubms@naver.com

Copyright 정천 마담로즈 2016
ISBN 978-89-97101-03-0 03810
* 잘못 만들어진 책은 구입처에서 교환해 드립니다.
* 책값은 뒤표지에 표기되어 있습니다.

ISBN 978-89-97101-03-0

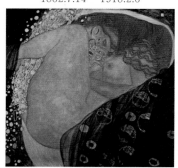